珈琲屋の人々

どん底の女神

池永陽

双葉文庫

目次

ひとり

客は誰もいない。

行介《こうすけ》は顔をあげて、カウンターのなかから店内をゆっくりと見回す。

樫材《かし》をふんだんに用いた造りはどっしりとして、見る者に重厚感と同時に落ちつきを与えた。永年の年月によって表面には澱《よど》みのようなものが張りついているようにも感じられるが、それも含めて行介はこの店が好きだった。

行介は小さくうなずき、調理台の上のアルコールランプを引きよせて火をつける。

赤い炎がすぐに青白い色に変る。行介はその炎の上に自分の右手をそっとかざす。熱さが掌《てのひら》に伝わり、すぐにそれは痛さに変る。掌を焼きつくす痛さだ。

行介の眉間に深い皺《しわ》が刻まれる。

歯を食いしばって我慢する。

「人を殺した、手……」

体のすべてに、この言葉が響きわたる。

同時に訪れるのが束の間の安堵感だ。

そのとき、店の扉につけてある鈴がちりんと音を立てた。客がきたのだ。行介はアルコールランプの火を消し、右手を急いで濡れタオルで拭う。

「いらっしゃい」

いつものように、ぶっきらぼうな声を出して視線をあげると、カウンターの前に野球帽をかぶり、首からタオルをさげた作業衣姿の老人が立っていた。

「これは、米倉《よねくら》さん」

行介は笑みを浮べる。

「また、こさせてもらいました」

米倉はこういって、日焼けした顔を綻《ほころ》ばす。

「冷たい水ですね。ちょっと待ってください」

「いえ、今日はそれほど暑くはなかったですから、水筒の水だけで事足りたと思います。なあ、おまえ」

米倉は誰かに話しかけるように視線を落して声をかける。とたんに「わん」という犬の声が聞こえた。

「おや、今日はご一緒ですか。ということはコーヒーを飲んでいかれる。そういうことですね」

機嫌よく行介はいい、カウンターから体を乗り出して下を覗《のぞ》く。

犬がいた。赤茶色の中型の雑種犬で、行儀よく床に座っている。

「でもまあ、念のためということもありますから」

行介は調理台の下からステンレスのボウルを出して水と氷を入れ、犬の前にそっと置く。

「どうだ、飲むか」

優しく声をかけると、犬はシッポを振りながら「くうん」と小さく鳴いてボウルに鼻先を突っこんだ。ぴちゃぴちゃと少しだけ水を飲んでから、すぐに顔をあげた。

「米倉さんのいう通り、今日は足りてるようですね」

笑いながらいうと、

「でしょう」

米倉はちょっと得意そうにいって、

「でも本当にいいんですか。犬を店のなかにいれて。お客さんのなかには嫌がる人もいるんじゃないですか」

申しわけなさそうな表情を浮べた。

「いいんですよ。大きな犬でもないし、喧《やかま》しくもないし。米倉さんの脇に、じっと座っているだけのおとなしい犬なんですから。それに、お二人が店に入ってくるのは、ごくごくたまのことですし。元々うちは、くる者は何人たりとも拒まずが信条の店ですから。気にはなさらないでください」

鷹揚《おうよう》にいう行介に、

「お手数をかけます」

と頭を下げて米倉はカウンター前のイスに腰をおろした。

行介もカウンターのなかに戻り、

「ブレンドですか、それともアイスコーヒーにしますか」

楽しそうに口を開く。

「普通ならアイスコーヒーといきたいところですが、ここは思いきってブレンドを」

米倉も楽しそうに答える。

すぐにサイフォンをセットし、アルコールランプに火をつける。しばらくすると、コーヒーの香ばしい匂いが辺りに漂った。

「暑い盛りに、ブレンドを頼んでくれることほど嬉しいことはないですね」

ぽつりという行介に、

「ここのブレンドコーヒーは絶品ですから、頼まないという法はありません」

米倉は目を細めながらいった。

総武線沿いの小さな商店街にある『珈琲屋』を米倉が最初に訪れたのは、ふた月ほど前。まだ初夏だというのに、真夏の太陽が照りつける暑い日だった。

夕方の四時頃。

青ざめた顔で店のなかに飛びこんできたのが米倉だった。

「すみませんが、水をもらえませんか。犬が死んでしまいます、犬が」

泣き出しそうな声で叫んだ。

行介はボウルに冷たい水をいれ、表に飛び出した。店の前には段ボールを山積みしたリヤカーが停められており、その脇に犬がへたりこんでいた。

鼻先に水の入ったボウルを置くと犬はのろのろと起きあがり、ものすごい勢いで飲みはじめた。ボウルのなかの水がほとんどなくなったころ、犬はリヤカーの脇に小さくうずくまり、一時間ほどあとにはすっかり元気になった。

これが宗田《そうだ》行介と米倉刀市《とういち》の、最初の出会いだった。

今年六十七歳になる米倉は世捨て人同然の生活をしており、一年半ほど前にねぐらである河川敷の住まいにふらふらと迷いこんできた野良犬と一緒に暮しているといった。

「そのときはまだ子供だったんですけど、今はもういっぱしの犬に。名前をイルとつけ、私の食扶持《くいぶち》である段ボール集めを手伝ってもらっています」

という米倉の言葉通り、イルの両肩からは革紐が伸びていて、リヤカーの脇にしっかりつながっていた。米倉とイルは文字通り一心同体となって毎日の段ボール集めに汗を流し、寝食を共にしているのだ。

米倉は以前、都内のシティホテルに勤めていたが、外資系の企業に身売りがきまって従業員の半数以上が首を切られることになった。米倉もそのなかに入っていた。

このとき米倉は五十二歳。再就職先もなかなか見つからず頭を抱えていたところへ、二十年連れそった妻から離婚話が出た。

「二人一緒にいても共倒れになるだけだから、この際別れたほうが——一人なら何とか食べていけるでしょうから」

これが妻のいい分だった。

自暴自棄になりかけていた米倉は、妻の求めに応じた。二人の間に子供はなく、妻とはひと回りほど年が離れていた。

こんな顚末《てんまつ》を米倉は行介と知り合ってから、ぽつりぽつりと丁寧に口にした。米倉の妙に行儀のいい言葉は、ホテル時代の名残のように思えた。

サイフォンにコーヒーがたまった。それをゆっくりとカップに注ぎ、

「熱いですから」

という言葉をそえて米倉の前に置いた。

「ああ、本当に熱そうですね。そして、とてもおいしそうです」

米倉は両手でつつみこむようにしてカップを持ち、そろそろと口に持っていった。一口

すすった。

「やっぱり、うんまいなあ……」

言葉がもれた。

イルの水をもらいにくることはよくあったが、米倉自身が席に座ってコーヒーを飲むのは稀だった。水だけのときは米倉は店に入らず、イルはリヤカーの脇で行介の持ってくる氷水を嬉しそうに飲んだ。

「時々ここで、こうしておいしいコーヒーをいただくのが私の唯一の贅沢です。まさに至福のときです」

米倉は酒もタバコもやらなかった。有り体にいえば極貧生活だった。一杯のコーヒーで目を潤ませる気持が行介にはよくわかった。行介は殺人罪で懲役八年の刑を受け、岐《ぎ》阜《ふ》刑務所に収監されていた過去があった。

バブル景気が終る直前だった。

行介たちの住む商店街も地上げ屋の標的にされ、怪しげな連中が横行するようになった。連中は土地を売れと一軒一軒を回って脅しをかけたが土地を手離すものは少なかった。

業を煮やした地上げ屋は強硬手段に出た。地上げの反対運動の会長をやっていた自転車屋の娘が何者かに暴行された。相手は複数だった。智子《ともこ》というその娘はまだ十六歳、高校二年生だった。智子はそれを苦に一カ月ほどあとに首を吊って死んだ。

そんなとき、地上げ屋の一人である青野《あおの》という男が珈琲屋を訪れて土地を売れと迫った。話の口ぶりからその男が暴行の主犯だとわかり、行介の頭のなかで何かが外れた。柔道で鍛えた太い腕が青野の髪に伸びた。髪をつかんだ行介の手は、店の八寸柱に青野の頭を何度も打ちつけた。

青野は死んで行介は刑務所に送られた。

そんな過去を引きずる行介にとって、米倉は同胞のようなものだった。行介は何があっても歯を食いしばって生きる米倉に好意を持った。何らかの力になりたいと常に考えていた。

しかし施しはできない。それをするのは無礼だと思った。米倉は生活保護の話もきっぱり断り、貧しいながら自力で生きてきた。だから米倉がコーヒーを飲むときはきちんと代金を受けとった。その代り、二杯目のコーヒーだけは――。

「米倉さん。お代りは、いかがですか」

ブレンドコーヒーをゆっくりと時間をかけて飲みほした米倉に、行介はさりげなく声をかける。

「二杯目……宗田さんの例のあれですか。有難くいただきますよ」

にこやかに米倉は答える。

「一杯目は心を和らげ、二杯目は体を和らげるでしたか、宗田さんの持論は」

「そうです。だから二杯目は砂糖とミルクをたっぷりいれて——もちろん、これは常連さんへのうちのサービスですから」

いいながら、素早くコーヒーサイフォンをセットする。

「それならイルにもサービスをしないとな」

紙袋を手にしてカウンターを出た行介は、イルの前にしゃがみこんだ。イルが盛んにシッポを振っている。

「ほら、イル。一生懸命働いているお前に、ご褒美だ」

紙袋のなかの乾肉《ほしにく》をつかんで、イルの鼻先に持っていく。「くうん」とイルは一声鳴いてすぐに乾肉にかぶりつく。

行介は米倉も好きだったが、健気ともいえる犬のイルも好きだった。

「残りは米倉さんに渡しておきますから」

乾肉の紙袋を、カウンターの上にそっと置く。これぐらいの親切なら米倉の生き方の邪魔にはならないはずだ。だから行介は時折、イルのための乾肉を買い出しにいく。

二杯目のコーヒーに砂糖とミルクをたっぷり入れて、半分ほど米倉が飲んだとき、扉の鈴がちりんと鳴った。

入ってきたのは、同じ商店街で『アルル』という洋品店をやっている島木《しまき》である。この島木と『蕎麦処・辻井《つじい》』の冬子《ふゆこ》は、八年の刑期を終えて岐阜刑務所から出てきた行介を温かく迎えてくれた幼馴染《おさななじ》みだった。行介は、この島木と冬子にだけは米倉のこれまでをざっと話してあった。

島木はカウンターの紙袋をちらっと横目で眺め、

「表のリヤカーを見て、慌ててこいつを買いに走ったんだが、先をこされちまったようだ」

いかにも悔しそうにいった。

島木も乾肉が入った紙袋を手にしていた。

「じゃあこれは、イルへのお土産ということで」

礼をいう米倉に笑顔を返し、カウンターに紙袋を置いた。

「俺はこの、嬉しそうにイルが食べるところを見たかったんだ」

島木は乾肉にかぶりついているイルを目を細めて見ながら、

「何たって、イルは人間の女と違って裏切りもしないし、文句もいわない。健気そのものだからな」

ぼそっと口にした。

「それはお前が、女性をたぶらかすから、そうなるんだ。自業自得というやつだ」

行介が説教をするようにいう。

島木はこの界隈《かいわい》で、商店街一のプレイボーイとして通っている存在だった。

「ところで島木、ブレンドでいいんだな」

返事も聞かずに、行介の手はサイフォンをセットする。

「ということで米倉さん。以前いった私の提案は考えてくれましたか」

島木が真面目な顔でいいながら、米倉の隣に座る。

「ああ、あれはちょっと」

という米倉の言葉にかぶせるように、行介が声を出す。

「何だ、島木。その提案というのは」

「空き家だよ、空き家。この商店街も倒産やら廃業で空き家になるところが増えて困っているということだ」

神妙な顔で島木はいう。

「空き家か。確かに増えたなこの商店街にも。それだけ、不景気がつづいているということなんだろうな」

行介は軽く頭を振る。

「それに後継者不足だ。若者が家業を継ぐのを嫌がって、どんどんこの町から出ていってしまう。困ったものだ」

「だから、空き家か。世の中、そういう風潮になっているのか——ところでその空き家と米倉さんと、どういう関係があるんだ」

怪訝《けげん》な表情を行介は向ける。

「いや、河川敷で生活するよりは空き家のほうが快適なんじゃないかと思ってな。空き家のなかにはリヤカーの入るスペースのあるところもあるし、アパートやマンションと違ってイルも飼えるし――だから米倉さんにその気があれば持主に相談して、タダ同然で借りる交渉をしようと思ってな」

まくしたてるように島木はいった。

「なるほど、お前にしたら上出来のアイデアだが、それでもやっぱり米倉さんは河川敷のほうがいいと……」

サイフォンからコーヒーをカップに注いで島木の前に置いてから、行介は窺《うかが》うように米倉の顔を見た。

「きちんとした一軒家となると、最低の電気料金と水道代、それに諸々の雑費が確実に入り用になります。私の収入としては、それはけっこうな痛手といいますか、今でも、ぎりぎりの生活をしているというのが現状ですので。それに、私たちのような世間からのあぶれ者は、普通の人たちからすれば社会の敵。物騒な人間として見られているに違いありません。そんな私が商店街に住みつけば……」

という米倉は、けっこうこざっぱりした格好で髭もきちんとあたっていて、物騒な雰囲気などはまったくない。元々がきれい好きで几帳面な性格なのだろう。

「それに私は道行く人から、動物虐待だと罵声をあびせられることもありますし。そんな私とイルが商店街の空き家に入りこむなど、滅相《めっそう》もないことです。やはり、河川敷のほうが気楽で自由です」

米倉は淡々と自分の思いを述べた。

「気楽で自由ですか。そういわれると、ぐうの音も出ません。考えようによっては、とても眩《まぶ》しい言葉です。それにしても動物虐待とは。いうに事欠いて何ということを。的外れもはなはだしい」

吐き出すように島木はいう。

「ペットとして大事に扱うことだけが動物を飼うことだと思っている連中の言葉だな。動物の飼いかたにも、いろいろあるはずなのにな」

行介は低い声でいい、

「しかし、イルは米倉さんのペットじゃない。イルは米倉さんの……」

米倉の顔をじっと見た。

「イルはペットじゃなくて、私の相棒です。いえ、苦楽を共にする家族なんです。互いに助け合う仲間なんです」

叫ぶように米倉がいった。

「互いに助け合う仲間であり家族。俺にはそのほうが動物と人間の理想の在り方のように思えます」

力強い声で行介はいう。

「そうだな、そうかもしれないな」

島木が相槌《あいづち》を打ち、

「空き家の件は諦めるとしても、河川敷のほうは大丈夫ですか。役所による強制撤去が行われるなどということはないのですか。もしそんなことになったら」

極端なことを口にした。

どうやらまだ、空き家のほうに未練があるような口ぶりだ。

「河川敷は管轄やら利権やらが微妙に入りくんでますから強制撤去などは、そう簡単にできないと思います。大丈夫ですよ」

米倉は笑いながら答えた。

話題になっている河川敷というのは、珈琲屋から一キロほど北を流れる矢筈川河畔《かはん》のことで、米倉はここの茂みのなかにトタン屋根のちっぽけな仮設小屋を自分で建て、イルと一緒に住んでいた。

中古ではあったけれど発電機も備え、小屋のなかには電化製品も置かれて、快適とはいえないまでも最低限の人並の生活はできた。

近くには小さな市民野球場もあって水も自由に使え、トイレも併設されていた。ただ手造りの仮設小屋なので見場だけは悪く、それさえ我慢すれば住居として通用した。

「仮設小屋はいいのですが、水位のほうは心配ないのですか。大雨で急に川の水位が高くなり、小屋が流されるということは。そんなことになれば命に関わることにも」

行介が根本的なことを口にした。

「あの河川敷はかなり高くなっていますから、よほど大きな台風が直撃しない限り、まず大丈夫です。ですから私はあの小屋に住みつづけ、ここにも今まで通り寄らせてもらうつもりですので、ご迷惑かもしれませんが、よろしくお願いします」

米倉は深々と頭を下げた。

「迷惑だなんて、どうぞ気兼ねなく寄ってください。イルが倒れでもしたら大変です」

「夏を過ぎれば水の補給も必要なくなりますから。暑いさなかだけは、あいつに冷たくて気持のいい水を飲ませてやりたいと思いまして。申しわけありません」

また頭を下げる米倉に、

「武士は相《あい》身《み》互《たが》い。まあ気楽に行きましょう」

島木が古風な言葉でしめくくり、手にしていたカップのコーヒーをがぶりと飲んだ。

「それじゃあ、私はそろそろ。いろいろとありがとうございました」

米倉はポケットから小銭入れを取り出し、カウンターの上に代金ぴったりの硬貨を置それが米倉に対する行介の礼儀だった。品物なら気を遣う必要はないが金銭となるとやはり。行介は人を憐むのも憐まれるのも嫌だった。そして米倉も同質の人間だと考えていた。

米倉は乾肉の紙袋を抱え、イルの首輪に通した革紐を手にして店の外に出た。乾肉の紙袋を段ボールの脇に置き、イルの革紐をリヤカーにしっかりとくくりつけた。

行介と島木は、そんな様子を店の外に出て見守るように眺める。二人に頭を下げ、米倉がリヤカーを引いた。

イルの背中の筋肉のこぶが左右に動く。イルも渾身の力でリヤカーを引いていた。首を前に突き出し、つんのめるような格好でイルはリヤカーを引いた。行介の目にはそれが妙に貴い姿に見えた。

「何となく、頭の下がる光景だな」

ぽつりと島木がいった。

「人も犬も一生懸命に生きている。俺たちはまだまだ修行が足らん。そういうことだ。特にお前はな。そろそろ、プレイボーイも卒業したらどうなんだ」

辛辣《しんらつ》な行介の言葉に「あはは」と島木は笑ってから、

「ところで行さん。うちの店の裏の空き家に若いやつが一人転がりこんできたのを知ってるか」

話を変えるようにいった。

「知らんな、いつごろのことだ」

「二カ月ほど前からだが、これが何をしているのかさっぱりわからん。何だか一日中家に閉じこもっているらしく、不気味そのもので仕方がない。それで一昨日家を訪ねて、あなたはいったい何をしている人なんですかと訊ねてみた」

真面目そのものの口調でいう島木に、

「相変らず、お節介なやつだな。そんなやつは世間にごまんといるだろうに」

呆《あき》れた口調で行介はいう。

「何といってもすぐ裏の家のことだから、お節介にも力が入るということだ——とにかくそう訊《き》いたら、家にいても両親がうるさいだけだから伝手《つて》を頼ってここに住まわせてもらっています。これでも国立大学の医学部志望の受験生ですからと答えやがった」

島木はここで一息いれ、

「それにしては予備校にも行ってないようなのでそれを質《ただ》してみたら、今はパソコンで授業が受けられますからといいやがった。そして、ここの二階は最高ですね。日当たりがよくってといっていたが、二階の窓にはいつも分厚いカーテンが引いてあって、なかはまったくわからない。なあ、行さん。これをどう思う」

これも真面目そのものの口調だ。

「どう思うって。俺にはどこにでもある話で、不気味でも不思議でも、何でもないと思うがな」

「これが男だったらそれですむんだが、何といっても相手はうら若き女性。黒縁の眼鏡のなかの目は大きくて涼しげだし、長くて黒い髪は綺麗《きれい》そのものだし」

とんでもないことをいい出した。

「その若いやつというのは、女なのか」

行介は大きな吐息をもらし、

「また例の癖が出たのか。いいか島木、それ以上深入りはするな。それ以上その女に関わると、ストーカーで警察に引っぱられることになるぞ。そこのところをよく考えろ」

怒鳴るようにいい、店の扉を開けて早足でカウンターに向かった。

それから十日ほどたったころの夕方。

「また、贅沢をさせてもらいにきました」

米倉は笑みを浮べてそういい、首にかけたタオルで汗まみれの顔を拭いながら、イルと一緒に店に入ってきてカウンターの前に腰をおろした。

行介はすぐに氷水をイルに与え、米倉のためにコーヒーサイフォンをセットした。

米倉が珈琲屋特製のブレンドコーヒーを半分ほど飲んだとき、店の扉の鈴がちりんと音を立て誰かが入ってきた。島木かと出入口を見ると今日は冬子だった。島木と同じように紙袋を抱えている。

「こんにちは、行ちゃん」

軽やかな声をあげて、行介から与えられた乾肉を食べているイルの前に座りこんで頭をなで始めた。

「元気か、イル。乾肉、おいしいか」

そんな軽口を叩いてから、米倉の隣のイスに冬子は座りこむ。

「リヤカーが停まっているのを見たから、急いでやってきた。はい、イルへのお土産」

紙袋をカウンターの上にそっと置き、

「行ちゃん、私ブレンドね」

と機嫌よくいった。

「お前も乾肉を買ってきたのか」

先日の島木のことを話しながら、笑顔で行介はサイフォンをセットする。

「あら、違うわよ。これは肉と魚の缶詰。これならイルと一緒に米倉さんも食べられると思って」

幾分胸を張って答える冬子を見ながら、さすがに女性は、やることが違うと行介は感心する。

「これはありがとうございます。せっかくの差入れ、イルと一緒に大切にいただきます」

丁寧すぎるほどの仕草で米倉が頭を下げると、

「そんなに大した物じゃ、ないですから」

照れたような口調でいって冬子は顔の前で手を振った。

冬子と米倉が会うのはこれで三度目だったが、二人は何の気兼ねもなく話をしていた。

その様子に、行介は目を細める。

「ほら冬子、熱いから気をつけてな」

行介は淹《い》れたてのコーヒーを、冬子の前にそっと置く。

「うん」

と冬子は短く答え、両手でコーヒーカップを持ってそろそろと口に持っていき、そっとすする。こくっと白い喉が動く。

「おいしいね、やっぱり。行ちゃんの淹れるコーヒー」

冬子は呟《つぶや》くようにいってから、

「あの、私。米倉さんにひとつ、訊きたいことがあるんですけど」

カップを手にしたまま、隣の米倉の顔を見た。

「イルって米倉さんにとって、どんな存在なんですか」

「それは」

米倉は視線を天井に向けて睨《にら》みつけるように見てから、

「大げさなことをいわせてもらえば、宝物です」

はっきりした口調でいった。

「唯一無二の宝物、この世に二つとない、大切な宝物です」

「宝物ですか、唯一無二の……じゃあ、ちょっと意地悪なことを訊きますけど、イルがいなかったころの米倉さんの生活ってどんなものだったんですか」

米倉の両肩がぴくっと動いた。

「おい冬子！」

行介の大声が響いた。

「立ち入りすぎなのはわかっているけど、私はそこのところがむしょうに知りたいから」

眉ひとつ動かさず冬子はいった。

「イルが現れる前の、私の生活は」

米倉は低すぎるほどの声でいい、

「朝は五時半に起き、それから顔を洗ってラジオ体操。六時からあり合せの食事と、その後片づけ。七時になると小屋を出て物集め——今は段ボール専門ですが、その前は金目の物なら何でもひろい集めてリヤカーに積みこんでいました」

米倉は小さく深呼吸をしてから、

「小屋に帰るのはぴったり六時、それからひろい集めた物の仕分けをし、夕食の準備をして七時半に食事。そのあとは雑事をいろいろすませ、九時になると寝袋に入りました。毎日がそれの繰り返しです」

まるで教科書を読むように話した。

「何をやるにも、きっちり時間がきまっているんですね」

溜息をつくように冬子がいうと、

「そのころの私は、何が何でも時間通りに動こうと固く決心していました。そうでなければ押し流されて、何もしなくなってしまう。そのことが私にはよくわかっていましたから、基本は時間。毎日機械仕掛けの人形のように時間通りの生活をしていました。それこそ歯を食いしばってです」

「歯を食いしばって、時間通りの生活の実行ですか」

よく通る声で冬子はいった。

「何かに縛られていなければ体は流され、心は壊れてしまいます。群れから離れた人間なんて、もろいもんです」

米倉の声が、ふいに震えた。

「ひとりなんですよ。この広い世界に私は、たったひとり。声をかけてくれる人も、気遣ってくれる人も、関心を持ってくれる人も、誰もいないんです」

米倉は手を伸ばしてカップを取り、残っていたコーヒーを一気に飲んだ。

「私は世の中の余計者。いえ、私以外の人間はいないも同然で、私は広い地球で、ひとりぽっち。たったひとりで動き回っている、無意味な生き物なんです」

米倉は広い地球で、ひとりぽっちといった。

ひとりで動き回る、無意味な生き物とも。

「暗くなると怖いんです。途方もない孤独感が全身をつつみこむんです。怖くて淋しくて、怖くて淋しくて――それでも、その日がくるまでは人間は生きていかなければなりません。自分で自分の命を絶つことなどは、私には到底……」

米倉は洟《はな》をずっとすすった。

大粒の涙がカウンターに落ちた。

「そんなところに、イルが現れたんです。生き物はいいものです。体温のあるものはいいものです。言葉を発してくれるものはいいものです」

言葉を発してくれるもの、と米倉はいった。

「ですから、イルは宝物なんです。イルが現れてから私の時間に縛られる生活はなくなり、自由に動けるようになりました。イルは唯一無二の私の宝物、そういうことなんです」

米倉は口を一文字に引き結び、すっと背中を伸ばした。

「すみません、辛いことを訊いてしまって」

冬子が嗄《しゃが》れた声を出した。

「私、米倉さんを見ていて、ふと思いついたんです。いずれ私も、ひとりぼっち。お母さんが死ねば、私はひとり。兄弟もいませんし、私には子供もいません。ひとりでこの世の中で生きていかなければならないんです。だから……」

冬子の目が行介の顔を真直ぐ見ていた。

「冬子、お前……」

行介の声が掠《かす》れた。

扉の鈴がちりんと音を立てた。

扉が開いて客が顔を覗かせた。

女性だった。女は床に横たわっているイルに目をやり、すぐ横にやってきてしゃがみこんだ。

イルの顔を凝視している。女は無言でイルの顔を見ていた。ゆっくりと手を伸ばして、イルの頭をそっとなでた。

そんな女の様子を見ながら、行介は既視感を覚えた。どこかで見た顔だった。

女が顔をあげて行介の顔を見た。

わかった。どこかで見た顔ではなく、どこかで聞いた顔だ。女は髪が長く、黒縁の眼鏡をかけていた。

島木が気にしていた女だ。

そう思ったとき、イルが小さく「くうん」と鳴いた。


島木がしきりに悔しがっている。

昨日この店にやってきた、黒縁眼鏡に長い髪の女性の件だ。

「なあ、行さん。俺はこの店の常連中の常連だぜ。その俺がその子に逢えないというのは、いったいどういうことなんだろうな」

口を尖らせて、まくしたてた。

「それは――」

行介は一瞬宙を見すえてから、

「要するに、縁がないということだ」

一刀の下に斬りすてた。

「縁がないって、それをいっちゃあ……」

島木は呟くように口にしてから、

「それに、名前まで名乗ったというんだろう。以前、俺が家を訪ねたときは、名前を訊く余裕もなく、追い出されたような格好になってしまったというのに」

溜息まじりにいうが、行介は追い出されたという話は聞いていない。

「追い出されたのか――」

ぽつりというと、

「追い出されたような格好だということだ。今、忙しいので、とやんわりいわれただけだ」

ちょっと、むきになったような口調で島木はいう。

「だからよけいに悔しいんじゃないか。そのときここにいれば無理なく紹介されて、無理なくお近づきになれたはずなのに」

まだ、ぶつぶついっている。

「いずれにしても、あの子には手を出すな。ひょっとしたら、まだ未成年かもしれん。そうだとしたら大事になる」

行介は太い腕をくんで島木を睨みつける。

「あの子の言葉を信じれば医学部志望だということだから、二年や三年は浪人してるんじゃないか。現在高校に行っていないということは、浪人生であることの証明にもなってるしな。だから、大丈夫だ」

何が大丈夫なのか、島木はさかんにうなずきを繰り返し、

「黒木舞《くろきまい》ちゃんか。今どきのいい名前だ。しかし、何かワケアリの身だとしたら」

浮べていた笑みをすっとひっこめ、遠くを見るような眼差しをした。

あのとき――。

イルの頭をなでてから、女はゆっくりと立ちあがり、

「近所に越してきた、黒木舞といいます。よろしくお願いします」

簡単ではあったが、自己紹介をしてきた。低い声だった。

「あっ、これはご丁寧に。俺は宗田行介。そして、こちらが米倉さんで、向こうに座っているのが俺の幼馴染みの冬子――」

米倉と冬子が舞に向かって軽く頭を下げる。

舞も二人に頭を下げ、米倉の隣のイスに体を入れた。

「ブレンド、お願いします」

背筋を伸ばしていった。何となく無理をしているような……そんな様子に行介には見えたが、とにかく舞の注文通り、コーヒーサイフォンをセットする。

「この犬は、米倉さんが飼っているんですか」

床に座りこんでいるイルに視線をやって、舞がいった。

「そう。名前はイルといって、私と一緒に矢筈川の河川敷に住んでいます。いわば、た

った一人の家族のようなものです」

機嫌よくいう米倉に、

「いいですね、たった一人でも家族がいて」

低すぎるほどの声を舞は出した。

「家族がいてって――舞さんには家族がいないの。そんなこと、ないでしょ」

ほんの少し高い声を冬子があげた。

「家族なんて、いるのか、いないのか」

それだけいって、舞は唇を引き結んだ。

なかなか複雑な性格の持主のようだ。

行介はサイフォンのコーヒーを、カップにゆっくりと注ぎ「熱いですから」という言葉を添えて、舞の前にそっと置く。

「本当に熱そう」

ぽつりと舞はいい、両手で支えるようにしてカップを持つ。口に運んでそっとすすりこむ。

「おいしい……」

吐息をもらしつつ、いった。

そのまま舞は音をたてずに、何度もコーヒーをすすりこむ。やがて堪能したのか、ようやく皿の上にカップを戻して、視線を行介にあててきた。顔ではない、手だ。

それを見て、行介は舞が店にきた理由がわかった。

どこで誰から聞いたのか、舞は行介の手を見にきたのだ。人を殺した、行介の手を……今まで行介の手を見にきた人間は何人もいたが、そのすべてが心の奥に何らかの闇を抱えていた。となると、舞も同じような。

「それが、人を殺した手なんですね」

思いきった言葉を、舞が口から出した。

事件のことは米倉も承知していた。

緊張感が周囲をつつんだ。

「舞さんとかいったね」

ふいに米倉が声をあげた。

「そんな重い言葉を、そう簡単に口にしてはいけないと私は思うよ。むろん、絶対にしてはいけないとはいわない。ただ、口にするときはよほど切羽《せっぱ》つまったときか、腹を括《くく》ったとき。それなりの覚悟を持たなければね……あぶれ者の身で偉そうなことをいって申しわけないですが、私はそう思います」

嚙《か》んで含めるように米倉はいった。

「そうですね、すみません」

舞は素直に謝りの言葉を口にし、

「私なりに切羽つまった状況にいると判断してたから……でも、軽はずみだったような気がします」

イスから立ちあがり、行介を凝視してからぺこりと頭を下げた。嫌みのない素直な動作に見えたが、眼鏡のなかの舞の目は潤んでいた。島木がいうように大きくて涼しげな目だった。

舞は一言でいって清楚な顔立ちだった。

目鼻立ちは整っていたが、頬から顎にかかる線がやわらかな弧を描いているため、見方によっては幼さを感じさせた。

その幼さを残す顔の目の潤みが何を意味しているのか、行介にはまったくわからない。ただひとつ確実にいえることは、この娘も闇を抱えている。そのことだけは間違いなかった。

「舞さん……」

今度は冬子の柔らかな声だ。

「舞さんだけじゃないから。行ちゃんも米倉さんも、そして私も」

そういってから、

「まあ、私はそれほど大したものじゃないかもしれないけど。それでもみんな、ある意味切羽つまった状況におかれていることは確かなはず。だから、自分だけが不幸だと思わないで、何かいいたいことがあったら遠慮なく私たちにいって。みんな同じ、仲間のようなものだから」

冬子も、この舞という女性のなかに危ないものを感じとったのか、できる限り優しい口調でいった。

「もしかして、時期がきたら……」

舞は立ったままそういい、カウンターに手を伸ばしてカップを取り、残っていたコーヒーを一気に飲みほした。

「じゃあ、私、帰ります」

はいているジーンズのポケットから、コーヒー代きっちりの硬貨を出してカウンターに並べた。

「またきても、いいですか」

舞は蚊の鳴くような声でいってから、返事も聞かずにイルの頭をさっとなで、

「じゃあ、またな、イル」

男の子のようないい方をして、店を出ていった。

これが、あの日の顛末だった。

夕方の四時半頃になると、必ず島木が店にやってきた。
舞が店に現れた時間がこれぐらいだったということで日参しているのだが、はたして
それが実を結ぶものなのか、どうなのか。いずれにしても島木は店に顔を出して、ぐだ
ぐだと一時間ほどねばっていく。
「すごいね、島木君の執念は。さすがに、商店街一のプレイボーイといわれることはあ
るわね」
呆れたように隣の冬子がいった。今日は仲よく並んで島木と冬子は、カウンター前の
席に座っている。
「こういうところは、こいつの病気のようなもんだから。これからも逢えないまま、毎
日ここに座りつづけるんだろうな」
行介も呆れ声でいう。
「しかし、またきてもいいですかと、あの子はいったんだろう。なら、またくるにきま
ってるじゃないか。お前さんのごつい、その手を見るためによ」
「だから、やめておけといっている。俺の手に興味を示すものは、よほどの闇を抱えて
いるものときまっている。あの子にしたって、それは例外ではないはずだ。それに先日
もいったように、あの子はひょっとしたら未成年かもしれない。そっとしておいてやる
のが、あの子のためでもある」

首を振りながら行介はいう。

「問題なのはそこだ。なぜ先日きたときに年を訊かなかったんだ。俺にはそれが、口惜しくてたまらん」

吼《ほ》えるようにいった。

「訊いても本当のことをいうとは限らない。それなら、今のところはあの子の言葉を信じて、医大を狙う受験生だと思ってやったほうがいい」

しんみりした行介の言葉に、

「その医大にしたってはたして信用に足りるものなのか、どうか」

ふてたように島木がいう。

「じゃあ、あの子は一日中家のなかにこもって何をしているというんだ、お前は」

「案外――」

島木が低い声を出した。

「爆弾でもつくっているんじゃないか」

「それは……」

行介は喉につまった声をあげた。

辺りがしんと静まり返った。

「島木君、いいすぎ。それに爆弾云々の話は可能性がないとはいえないから、よけいに胸がどきっとする。何といっても、謎の美少女だから」

冬子が真顔でいった。

「謎の美少女って、冬ちゃんにもあの子は大人じゃなくて少女に見えるのか」

島木が冬子のほうに身を乗り出す。

「それが不思議なの――」

冬子はちょっと小首を傾げ、

「二十歳すぎだといわれればそうも見えるし、逆に高校生だといわれても、そう見える。だから本当のところ、年齢に関してはまったくわからない。でも、美女というよりは美少女といったほうが通りもいいし。だからね」

一気にいって、ほんのちょっと笑った。

「冬ちゃんの目から見ても、あの子は綺麗な顔の持主なのか」

やけに真面目な表情で島木が訊いた。

「問題なのはあの黒縁の眼鏡。あれがかなり、あの子の顔の邪魔をしている。あれをとったら下からどんな顔が現れるか。私はやっぱり美女というより、美少女のような気がしてならない。年齢は別にしてね。二十歳すぎの美少女だっているから」

「そうか。そんなことをいわれたら、あの眼鏡をとってみたい衝動に大いに駆られるな。ぞくぞくするなあ」

顔を綻ばせる島木に、

「島木、不謹慎がすぎるぞ。あの子はワケアリで、心の奥に何らかの闇を抱えているということを忘れるな。俺たちにやらなければいけないことがあるとすれば、その闇を取り除く手伝いをしてやることだ。そのことを忘れるな」

行介が一喝する。

「わかってる。俺にしたって、せっかく、すぐ裏手に越してきたあの子には幸せになってほしい。この俺の気持に嘘偽《うそ》りは微塵《みじん》もない。そんなことぐらい、行さんたちだって知っているだろうが」

確かに島木の心根は優しい。が、その裏側には女性に対する執着の念が色濃く張りついているのも確かなのだ。これがいちばんの問題だった。

「それに、あの子の心はかなりもろい状態になっている。扱い方を間違えると、とんでもない結果を招くような気がする。だから、よほど気をつけないと」

咎《とが》めるように冬子がいった。

「それは、重々承知している……それにしても、あの子は毎日家のなかに閉じこもって、いったい何をしてるんだろうな」

島木の言葉に、

「医学部に入るための、受験勉強」

冬子が、ぽつりといった。

「そうだな。本人がそういってるんだから、信じてやらないとな。というか、本当であってほしいよな」

島木がそういったとき、扉の鈴がちりんと鳴った。行介が視線を向けると意外な人物が立っていた。

舞だった。

「これは珍客到来」

島木が嬉しそうな声をあげて、立ちあがった。体中が弾んでいるように見える。

「私は島木と申しまして、この二人の幼馴染みであると同時に、アルルという洋品店の店主です。決して怪しい者ではございませんので、誤解のなきように。先日は失礼いたしました、黒木舞さん」

芝居がかった口上を述べて、島木は舞を迎えいれた。

「あっ、これはどうも」

舞はとまどった声をあげて島木の顔を見るが、何も思い出せないようだ。つまり、島木の存在は舞の記憶から、ごっそり抜け落ちているということらしい。

「あの、先日お宅にお伺いして、ご挨拶をさせていただいた、すぐ前の家の……」

島木はすっかり弱気な表情になっている。

「前の家のというと……」

舞は記憶を呼び戻そうとしているらしく、宙を見つめている。そして突然「あっ」と声を出した。

「あのときの、変なおじさん」

島木の両肩が、がくっと落ちた。

「変なおじさんかもしれませんが、私は決して怪しい者ではありませんので」

情けなさを全開にして、島木がいった。しかし、これでまがりなりにも二人の間に面識ができたことは確かである。

「そんなことより、天気のほうは大丈夫でしょうか」

妙なことを舞がいった。

「天気って?」

冬子が真直ぐ舞の顔を見る。

「さっきテレビを見ていたら、この辺り一帯をかなり強い南岸低気圧が通過するため、集中豪雨の恐れがあるって……」

舞は早口にいうが、行介たちには今ひとつ、意味がわからない。

「あの、舞さん。私たちには舞さんが何を伝えたいのか、そこのところがよくわからないのですが」

島木が、恐る恐るといった様子で声を出す。

「米倉さんですよ。矢筈川の河川敷に小屋を造ってイルと一緒に住んでいるといってましたから。川が増水して小屋が流されてしまうんじゃないかって」

叫ぶような声で舞はいった。

「それなら心配はいりませんよ。あそこの河川敷はかなり高くなっていて、ちょっとやそっとの雨では流されないと米倉さんはいってましたから。よほど大きな台風が直撃しない限り、小屋が流されるということはないとのことです」

行介は一語一語、ゆっくり丁寧に言葉をつづけた。

「あっ、そうなんですか。それならいいんですけど、気象予報士の話を聞いていて、急にイルの顔が浮んで、それで。すみません、お騒がせしてしまって」

恐縮したように、それでもほっとした表情でいう舞に、

「あなたは優しい人ですね。そのことをわざわざここまでいいにくるとは、今時珍しい人です」

感心したように島木がいい、舞に向かってさかんにうなずく。

「優しいとか何とか、そういうんじゃないんです。米倉さんはイルと一緒に暮すことになって、ようやく家族ができたとすごく喜んでいました。だから――」

舞はちょっと言葉を切り、一気につづけた。

「二人一緒に亡くなれば、それはそれでいいんですけど。もし、イルか米倉さんの片方だけが亡くなってしまったということになれば、どちらかは、またひとりぼっちになってしまいます。かわいそうすぎます。私はそれを見るのが辛くて。だからここまで、走ってきたんです」

異質で歪な考え方だったが、行介はわかるような気がした。そして舞は、ひとりぼっちという言葉に人並以上に敏感なのを感じた。つまり舞は、ひとりぼっちが怖いのだ。どんな理由からなのかはわからなかったが、そうとしか考えられなかった。

「じゃあ、安心したところで、私は帰ります」

軽く頭を下げる舞に、

「せっかくきたんだから、コーヒーを一杯飲んでいったらどうです。気分が落ちつきますよ」

行介はコーヒーをすすめた。

「いえ、もう雨が降り出していますから今日は帰ります。いつ何時、どしゃぶりになるか——私同様、近頃の日本の天気はおかしくなってきてますから」

いうなり舞は、扉を開けて外に出た。

立てかけてあった傘を手にして、走り出した。

「私同様か……何だか、嵐きたり、去るっていうかんじだったな」

島木がこんなことをいい、行介と冬子は無言でうなずいた。

夜のうちは風も強くて、雨も相当な勢いで降っていたが、翌日はからりと晴れた。

珈琲屋に米倉がやってきたのは、朝の九時頃。こんなことは初めてだった。

ふらりと店に入ってきた米倉に、

「いらっしゃい、米倉さん。今日はまた早いですね。何かいいことでもありましたか」

と行介は声をかけるが、米倉から返ってくる言葉はなかった。カウンター前のイスに無言で腰をかけた。

「どうしたんですか、米倉さん。何だか今日は変ですよ」

優しく声をかけた。

「イルが……」

泣き出しそうな声を、米倉は出した。

行介の胸がどんと音をたてた。

もしかしたら……。

「イルがどうかしたんですか。今日はイルは一緒じゃないんですか」

いうなり行介は表に飛び出した。

が、店の前にはリヤカーはなく、イルもいなかった。行介は急いで店のなかに戻り、

「イルの姿が見えないようですけど、何かあったんですか」

米倉の前に立って怒鳴り声をあげた。

「昨夜の雨で、イルは川に流されました。イルは……」

嗄れ声で米倉はいった。

米倉の目からは涙があふれていた。

肩を震わせて号泣した。

夜中の二時頃のことだという。

雨がいちばん酷《ひど》かったころだ。ふいに米倉とイルのいる小屋が揺れた。突風だったが、米倉にしたらこんなことは、特段に驚くようなものではなかった。

しかし、イルは別だった。

一年半ほど前の子犬のとき、ふらふらと河川敷にある小屋に迷いこんできたイルにとって、これは初めての出来事だった。

その初めての豪雨と強風にイルが怯《おび》えていた。うろうろと小屋のなかを歩き回っていたと思ったら、米倉の体にぴったりと小さな体を押しつけて縮こまった。イルは震えていた。

雨は容赦なくトタン葺きの屋根を叩きつけ、時折、突風が小屋全体を揺らした。

「くうん」

イルは怯えた声で鳴き、米倉を潤んだ目で見つめてきた。

「心配いらん。大丈夫だから。これぐらいの風雨では、この小屋は吹き飛びはしないし壊れもせん」

米倉は体を押しつけてくるイルの頭を、なでつづけた。

そんな状況が三十分ほどつづいた後。

小屋の側面に何かがぶつかり、大きな音をたてた。同時に何かが崩れるような音が響いた。これはさすがに見てこなくてはと、米倉は雨合羽を着こみ、大型の懐中電灯を手にして扉に向かった。

イルが足元にまつわりついてきた。

一人で残されるのが、不安な様子だった。

「お前はなかにいたほうがいい。外は雨風が強いから」

イルの耳元で大声で叫んでみたが、動物に人間の言葉がわかるはずもなく、イルは米倉の足元から離れようとはしなかった。

「じゃあ、一緒に行くか」

そんな言葉をイルにかけ、二人はそろそろと大きな音のした小屋の側面に向かった。

飛んできたのはオイルが入れてあった、一斗缶だった。そのために小屋の側面に積んであったガラクタの類いが崩れて、大きな音が響いたのだ。大した被害ではなかった。

「大丈夫だから、小屋のなかに戻ろう」

雨音のなかで叫ぶような声をあげ、イルの背中をぽんぽんと叩いたとき、それがおきた。

一際強い突風が、米倉とイルを襲った。足を踏ん張った米倉はふらついただけだったが、小柄なイルはひとたまりもなかった。数メートルほど飛ばされて転がった。

運の悪いことに、そこは小屋の立っている場所から数段低くなっていて、川の水がそこまで迫っていた。懐中電灯を向けると川幅はいつもの数倍にもなっており、イルの飛ばされたところは膨れあがった川と陸の境い目だった。

その境い目でイルはもがいていた。

前肢で土をかいて上がろうとするが、水を含んだ土は柔らかく、すぐにぼろぼろと崩れていった。このままではイルは、川に飲みこまれる。

米倉は必死になってイルのいるところに近づこうとしたが、足元はぬかるんで容易に前には進めない。さらに叩きつけてくる雨だった。それでも米倉は懸命にイルに近づいた。よろよろと、よろよろと。

そのとき――。

イルが前肢をかけていた土の部分が一気に崩れた。イルが川に飲みこまれる。懐中電灯の光のなかに、イルの顔が浮びあがった。しっかりと浮びあがった。

イルが米倉を見ていた。

悲しげな目だった。

泣いているように見えた。

顔が川のなかに沈んだ。

「くうん」という、小さなイルの鳴き声を聞いたような気がした。

米倉の話は終った。

「それから私はあっちこっちとイルの姿を捜しました。でも、見つかりませんでした。イルはどこかに流されていってしまいました」

泣きながら米倉はいった。

「捜しましょう、もう一度。明るくなった今なら、見つかるかもしれません。捜しましょう」

行介はこういって島木と冬子のケータイに電話を入れ、一部始終をざっと話して、きてほしいと召集をかけた。

島木と冬子はすぐにやってきた。

そして驚いたことに、舞の姿もあった。

おそらく島木が裏の家に走って、事のあれこれを舞に話したのだろう。

五人は矢筈川に向かって急いだ。

空は青天だったが、水はまだ引いてはおらず、川岸の堤防にそって捜すしか術はなかった。

「イルー、イル……」

五人はイルの名前を呼びながら、数キロ先までの川岸を歩き回り、捜索は午後の三時頃までつづいたが成果はなかった。予想はしていたものの落胆は大きかった。

「忙しいなか、みなさんには本当にお世話になってありがとうございました」

米倉は、頭が膝につくほど下げたが、行介は返す言葉が見つからなかった。無言のまま、頭を下げ返すのがやっとだった。

五人はそのまま、堤防の端にへたりこんだ。

「私はまた、ひとりぼっちになってしまいました……」

ぽつりと米倉がいった。

そのとき、冬子と舞の体が反応するのがわかった。ぴくりと肩先が動くのを行介ははっきり見た。

「私がひとりぼっちになったということは、イルもひとりぼっちになってしまったということです。たった一人だけの家族が、ばらばらになってしまったんですから……」

米倉の言葉に「はい」と返事をしたのは冬子だ。

「私は人間ですから、我慢という言葉を知っています。いくら悲しくても我慢をすれば何とか前に歩いていくことはできます。でも、イルは動物ですから、そんな言葉は知りません。悲しければ悲しいままで、我慢することなどはできません。これは悲しすぎます。淋しすぎます」

そういって米倉は洟をちゅんとするが、行介には米倉が何をいいたいのか、まったくわからなかった。

「ですから、私」

澄んだ声を米倉は出した。

「これから旅に出ようと思います。イルを捜しに、矢筈川の両岸を海にたどりつくまで歩き回って、イルを捜してみようと思っています」

「しかし、イルは多分……」

島木が掠れた声を出した。

「そう、イルは多分死んでいるでしょうけど、それでもいいと思っています。運がよければ遺体が見つかるかもしれません。もし見つかれば懇《ねんご》ろに供養をして……そうでもしなければ、イル自身の悲しみを取りのぞいてやることはできないような気がします」

淡々と米倉は言葉をつづけた。

「供養すれば、その人自身の悲しみは取れるというんですか」

舞が声をあげた。

「そう真面目に訊かれると困ってしまいますが……」

米倉は言葉をちょっと切った。

「正直にいえば、自己満足だと思います。心の奥の思いようです」

ぽつりといってから、

「訳のわからないことをいっているのは自分でもよくわかっていますが、命が絶えるまで、イルを捜そうと思っている訳ではありません。一、二カ月、その間は一生懸命捜してみるつもりです」

話し終えて大きな吐息をもらした。

「見つかるといいね、イル」

冬子が柔らかな口調でいった。

「一、二カ月後には必ず戻ってきますから、その成果はわかるはずです」

米倉はちょっと淋しげにいい、

「こんなことをする私は、変な人間なんでしょうかね」

四人の顔を見回して訊いた。

「変な人間だと思いますよ」

行介は声をあげた。

「でも、いいじゃないですか。そんな変な人間が一人ぐらいいたとしても。それはすべて、米倉さんの優しさなんですから」

いいながら行介は空を見上げ、

「昨日の天気が嘘のように、青い空ですね。殴ってやりたいほど青い空ですけど、多分、米倉さんが戻ってくるときには、青い空は美しいと素直に感じられるようになっていると思いますよ」

澄んだ声でいった。

「青い空は美しいですか……」

米倉はそういって、視線を空に向けた。

女子高生の顔

鏡を見るのが嫌だった。

しかし、見ないわけにはいかない。というより、しっかり見なければイメージ通りのメイクはできない。手を抜けば自分の顔は……。

理菜《りな》は鏡のなかの顔を凝視する。申し分ないとはいえないけれど、鼻も唇も十人並だ。問題は目——やや腫《は》れぼったい、一重瞼《まぶた》の細い目だった。この細い目が大問題なのだ。

メイクをする手を止めて、理菜はぼんやりと視線を宙に漂わせる。

小中学生のころはなにもなかったが、高校生になって急にこの目が話題にのぼるようになった。ひょっとしたら、苛《いじ》めの対象にするためのこじつけだったのかもしれないが。

一年半ほど前の高校二年になったばかりの春、理菜は突然クラスの苛めのターゲットにされた。これといった理由はなく、誰かを苛めのターゲットにしなくては毎日が平穏に過ぎていかないような雰囲気が教室内にはあった。その矛先が理菜に向かった。

誰がいい出したのか。

「理菜の顔って、昔の平安時代の顔にそっくりだよね。ほら、引目鉤鼻《ひきめかぎばな》の」

こんな言葉が教室内に、飛びかうようになった。

引目鉤鼻とは平安、鎌倉期に描かれた顔の描写技法で、目は横に線を引き、鼻は鉤のように「く」の字を引いて描いた。確かに見ようによっては理菜の顔に似ていないことはなかった。

鉤鼻ではなかったものの、理菜は丸顔で口も小さかった。そして、いちばん問題だったのが細い目だった。これが決め手となって理菜はそのころから、引目鉤鼻といわれるようになり、それが省略されて、ヒッカギ――これが理菜の渾名《あだな》になった。

理菜の通う高校は都立ではいちおう名の通った進学校で、そのせいもあってか苛めといっても暴力に訴えるものではなく、陰湿なものが多かった。一言でいえば、無視と軽視。誰もが理菜を相手にしなくなり、理菜の顔を見て意味ありげな笑いを浮べるようになった。そして時折聞こえてくるのが、

「ヒッカギ……」

という言葉だった。

ひとたびこんな状況になったら、抑える術はなかった。苛めの対象が他の人間に移るまで耐えるしかなかった。それがいつになるかは、わからなかったが。

理菜がいちばんショックを受けたのは、小学校のときからずっと一緒だった親友とも

いうべき和佳子《わかこ》まで、自分に背を向けたことだった。

「理菜、ごめん。これが収まるまで私……夏休みを過ぎれば絶対収まると思うから。それまでは」

和佳子はこういって、理菜から距離を置いた。さすがに表立った行動はしなかったものの、理菜に話しかけてくることはなくなった。一人で嵐が過ぎ去るのを待つしかなかった。理菜は毎日びくびくしながら、教室の隅で体を縮めて過ごした。

独りきりだった。死んでしまいたいほど孤独だった。

しかし事態は和佳子がいったように夏休みが過ぎたころに一変し、苛めのターゲットは他の女子に移った。

「ごめん、理菜。本当にごめん。私、本当に怖くて、理菜と仲よくすると今度は私かと思って……」

そのとき和佳子は、大粒の涙を流して理菜に謝った。腹の底に、しこりのような重いものが残っていたが、その様子を見て理菜は和佳子を許した。だが――。

理菜は鏡のなかの顔を再び凝視する。

「あのとき私は、本当に和佳子を許したのだろうか」

口のなかだけで呟《つぶや》いてみる。

わからなかった。よくわからなかったが、和佳子とは今でも友達づきあいをつづけている。まるで、あのことはなかったような、何の屈託《くったく》もない友達づきあいを。不思議だったが、事実なのだから仕方がない。ただひとつだけいえるのは、自分も含めて、人間なんていいかげんなもの。そんな思いだった。

そのとき階下から声が響いた。

「理菜、いつまで部屋にいるの。学校に遅れるわよ。私も、すぐに家を出るから」

母親の房子《ふさこ》の声だ。

父親の仁司《ひとし》は町工場に勤める旋盤工《せんばんこう》で、それだけでは生活が苦しいため、母親も近所のガソリンスタンドでパートとして働いていた。

「はあい」

理菜の通う高校は、もともと化粧禁止だった。ばれないように薄く引いたアイラインと、コンビニで買ったアイプチを使って整えた両目を鏡のなかに見ながら、理菜は何とか自分を納得させる。

鏡の前から立ちあがり、心のなかでそっと呟く。

「今日は、帰りに珈琲屋に寄ってみよう。一時間ぐらいなら時間はとれるはずだ」

机の脇の通学カバンを手にする。

ヒッカギ……。

苛めはなくなったが、この言葉だけはまだ理菜について回っていた。

『珈琲屋』に着いたのは、午後四時半を少し回ったころ。進学塾が始まるのが六時からだから、時間は一時間ちょっとしかない。

店の前で息を整え、理菜はゆっくりと古びた扉を押す。鈴がちりんと音を立てた。

「いらっしゃい」

この店のマスターである行介のぶっきらぼうな声が響いた。おずおずと店のなかに入ると客は奥のテーブル席に中年の男女がいるだけで、他には誰もいなかった。

理菜は迷わずカウンターの前に進み、小柄な体をイスの上にそっとのせる。

「あっ、一人で珍しいね。確か君は」

屈託のない行介の言葉が耳を打つ。

「ここの近所に住んでいる、石塚《いしづか》理菜といいます。ここには何回かお邪魔させてもらったことがあります」

理菜は丁寧に言葉を返す。

「そうそう、理菜さんだ。いつもは同級生らしい女の子と一緒だったような気がちゃんと覚えている。近所に住んでいるので当然なのかもしれないが」

「はい、一緒にきていたのは川崎《かわさき》和佳子といって、小学校からの同級生です」

理菜はすらすらといい、

「この店はいつきても客が少なくて、奥の席は人に聞かれたくない話をするには最適ですから」

本音で答えた。

こうしてすぐ間近で見る行介からは、誠実さが感じられた。この人になら何でも話すことができる。そんな気がした。何といっても行介は以前……。

理菜は行介の過去を知っていた。いや理菜に限らず、この町の住人のほとんどが知っているはずだ。行介が人を殺《あや》めたことがあるのを。

「はやってないから、人に聞かれたくない話をするには最適か――まさにその通りだから、何の文句もいえないな」

笑いながら行介がいった。

正直な笑いに見えた。

やはり、この人なら何を話しても大丈夫だ。

「しかし、理菜さんのように若くて元気あふれる女の子にも、人に聞かれたくない話があるっていうのは驚きだな」

行介の能天気な言葉に、ちょっと呆《あき》れるような口調で、

「そりゃあ、ありますよ。若いったって普通の人間ですから。受験のこととか、男の子のこととか、人の悪口とか、体の悩みとか秘密満載ですよ。それに」

理菜はここまで口にしてから言葉を切り、真直ぐ行介の顔を見た。

「誰かを殺したいっていう話とか」

挑発するような言葉を出した。

「なるほど――」

行介は短く言葉を返して、

「ところで理菜さんは、何を飲むのかな」

話題を変えてきた。

「あっ、すみません。ブレンド、お願いします」

理菜の言葉に行介の手が動く。

素早くコーヒーサイフォンをセットして、アルコールランプに火をつける。そのときそれが見えた。行介の右手だ。赤く爛《ただ》れて、ケロイド状に引きつれている。あれは火傷《やけど》の痕だ。理菜の推測では、おそらく自分で……。

サイフォンをセットした行介は、流しに向かって何やら洗い物を始めた。どうやらコーヒーができるまで、理菜との会話は中断することにきめたようだ。それとも、理菜のあの一言で、これ以上の会話を打切りにしたのかもしれない。

香ばしい匂いが漂ってきた。ブレンドコーヒーのできあがりだ。行介はカウンターにコーヒーカップを置き、手際よく、いい香りのする琥珀色の液体を注ぐ。淹《い》れ終えたカップを理菜のすぐ前にそっと差し出す。

「熱いですから」

ぼそっといった。

「あっ、ありがとうございます」

こぼさないように両手でカップを持ち、ゆっくりと口まで運んで、ほんの少しすすった。言葉通り熱かった。舌の上で転がしていると、その熱さが芳醇《ほうじゅん》さに変った。

「おいしい」

理菜もぼそっと口に出す。

「それが、人を殺したことのある男の淹れたコーヒーです」

悲しげなものが、行介の表情に走ったように見えた。行介は話を打切ったわけではなく、つづけるつもりなのだ。緊張した空気を追い払うために理菜に一息入れさせて、間をつくったのだ。そういうことだと理菜は思った。

「そして、その男の店のカウンターに座って誘導尋問のような言葉を出す理菜さんは、何らかの話をするためにここにきた。そういうことじゃないのかな」

やっぱり、ただの男ではなかった。

「すみません。回りくどいことをして。でも何かきっかけがないと、なかなか話しづらいというか」

理菜はぺこりと頭を下げる。

「いいですよ。若い女の子は複雑そのもの。それぐらいは、俺もわかってるつもりだから。何か話したいことがあれば、遠慮なく話せばいい」

穏やかな口調でいった。

「はい。このコーヒーを飲んでから話します。でも、物騒な話じゃありません。すみません、変なことをいって……」

理菜はそろそろとコーヒーを飲みこむ。

コーヒーカップが空になりかけたころ、店の扉がちりんと音を立てた。そっと振り向くと見知った顔が立っていた。洋品店『アルル』の島木だ。

「おやこれは……理菜ちゃんが珈琲屋のカウンターに座って、一人でコーヒーを飲んでいるとは」

嬉しそうにいって、島木は理菜の隣にどかりと座りこみ「行さん、いつものやつを」と声を張りあげた。

理菜は少し困惑した。

アルルと理菜の家は、つい目と鼻の先の距離にあった。アルルのちょうど真裏にある古い一戸建てが理菜の家だった。あまりに近すぎた。

そんな人間の前で悩みごとを話していいものかどうか。それに島木は、商店街一のプレイボーイと聞いているし、いかにも軽薄そうに見える。しかし時間が——受験生にとって、いちばん大事なのは時間だった。その時間を削ってわざわざここにきて、話をするのを断念するのは。

理菜は迷った。

どうしたらいいのか。

考えを巡らしていると、

「理菜ちゃんの家の三軒隣に、黒木舞っていう、医学部志望の二十歳位の女の子が一人で住んでいるんだけどね。理菜ちゃんは、その子と面識のほうは」

突然、訳のわからないことを島木が訊《き》いてきた。あの空き家に誰かが住みついたことは知っていたが、それがどこの誰かなどは考えたこともなかった。

「面識は、まったくありませんけど」

低い声で答えた。

「そうか、あの子の三軒隣の家が理菜さんの家か」

驚いたような声をあげたのは行介だ。

「そうだよ。何だか向こう三軒両隣っていうかんじで、楽しくなってくるなあ。ところで、その舞ちゃんなんだが、この店には顔を見せているのか。俺とはさっぱりなんだけどな」

行介に向かって、残念そうに島木がいった。

「三日に一度ぐらいの割できているよ。もっとも時間はまちまちだから、なかなか一緒になるのは難しいかもしれんな」

淡々とした調子で行介がいう。

「三日に一度か。で、彼女はここにきてどんな話をしていくんだ、行さん」

興味津々の表情を島木は浮べた。

「もともと無口な子だから、記憶に残るような会話はないな。ただカウンターの前に座って、ゆっくりとコーヒーを飲んで帰っていく。それがすべてだな」

わずかに行介が首を振る。

「いよいよ謎の女だな、あの子は。しかしまあ、何か悩みはあるんだろうな、この店にくるということは。あとは彼女が口を開くまで、じっくり待つしかないか」

と島木が口にしたところで、カウンターにコーヒーが置かれ、この件は終りになったが、妙に気になる話ではあった。

何だか自分と同じような境遇の女の子に思えた。むろん抱えている問題は、まったく違うだろうが、行介に何かを訴えたいという気持は共通しているように感じた。理菜の胸に何となく焦りのようなものが湧いてきた。

「ところで、理菜ちゃんはどうしてここへ。しかもカウンター席に」

島木がずばっと訊いてきた。

「私もちょっと、相談事が……」

細い声で答えた。

「やっぱりそうか。顔を見てそうじゃないかと推測はしていたんだが。となると、邪魔だったかな」

島木は独り言のようにいい、

「人徳だな行さん、あっちもこっちも。あやかりたいけど、俺にはやっぱり無理か」

ぼそっと口にしたところで、行介が口を開いた。

「こいつの前で話したくないなら、また今度にすればいい。ただこいつは、女にはだらしがないが、その一点さえ除けば今時珍しいほどの、いいやつだ。事件をおこして刑務所に服役していた俺を温かく迎えてくれたのは、幼馴染《おさなな じ》みだった二人だけ。こいつと、蕎麦屋の冬子だけだった。だから俺は、二人には感謝している。頭が下がる思いだよ」

一気に行介がいった。

「おじさんのおかげで、この商店街は地上げ屋から救われたのに、そんな状況だったんですか」

驚く理菜に、

「どんな理由であれ、人殺しは人殺しだ。やってはいけないことをしてしまった人間だから、俺は。しかし、そんな俺でも近頃は温かく接してくれる人も増えて……有難いことだと思っているよ」

低すぎるほどの声で行介はいった。

やはり同じだと理菜は思った。

事の大小は違っても心の傷は同じだ。行介も自分も、一時は周りから爪弾《つまはじ》きにされ、相手にしてもらえなかった身なのだ。行介はそうされながらもひたすら耐えつづけ、さらに自分で自分の手を。そして私は……。

「私の心の傷は、おじさんのような大それたものでもないし、多分さっき話に出た、医学部志望の人よりも小さなことだとは思いますけど」

理菜はいった。

「でも話したいんです。聞いてほしいんです。ちっぽけで取るに足りない悩みかもしれないけど、私にとっては……でも今日は帰ります。話すのは今度にします」

「俺は席を外しても、いいけど」

ふいに島木が立ちあがった。

「違うんです。島木さんのせいじゃないんです。こうなったからには島木さんに聞いてもらっても構わないんですけど、ただ、時間のほうが」

正直な理菜の気持だった。

そろそろここにきて一時間が経とうとしていた。自分のあれこれを話すには時間が足りなかった。

「そろそろ、塾に行かないと」

申しわけなさそうな声をあげた。

「進学塾か。そうか、理菜ちゃんは受験生だったよな。受験生にとって塾は最優先だもんな。しかし、俺のせいじゃないとわかって、ほっとしたよ」

島木が本当に、ほっとしたような表情でいった。

「じゃあまた、時間をつくってここにきますから、そのときは私の話を聞いてください。小さな悩みですけど」

最後の言葉をつけ足すようにいってから、理菜はコーヒー代をきっちりカウンターに並べ、頭を下げて立ちあがった。

扉に向かって歩きながら奥の席を見ると、二人の男女が呆気にとられたような顔で理菜を見ていた。


日曜日の午後。

理菜は住んでいる町の二つ手前の駅前で、男と会っていた。

男の名前は米沢憲次《よねざわけんじ》。今年五十歳を迎える中年男で、勤め先は精密機器の販売会社。

そこの営業部長をしているという触込みだった。

駅前にある喫茶店で向き合って座り、アイスコーヒーを前にして話をしていた。

「へえっ、じゃあ受験勉強はいちおう順調で、この分でいけば、まず合格するんじゃないかということか。そりゃあ、よかった」

米沢は機嫌よくいってうなずく。

目鼻立ちは整っているほうだが、唇だけは厚めだった。それに年のせいなのか、きれいに撫《な》でつけた頭髪は後退ぎみで、かなり薄くなっている。

「あっ、コーヒーのお代りはいいのかな。何かケーキでも頼もうか」

米沢は、いろいろと気を遣う。

「いえ、もう充分ですから。そんなに気を遣わないでください」

理菜は顔の前で大げさに手を振りながら、笑顔を見せる。

「いいなあ、その笑顔。理菜ちゃんのそんな顔を見ているだけで、日頃の疲れがふっ飛ぶ気がするよ。うちの女房なんか、ここ何年も笑った顔なんか見せたことがないんだから。泣きたくなるよ」

首を振りながら悲しそうにいう。

「それって淋しいですよね。それでも男の人って、一生懸命働かないといけないから大変ですね」

米沢の言葉に理菜は適当に合せる。どうせ、どこまで信じていいか、まったくわからない会話なのだ。適当に話をして相手を喜ばせる。これがこの仕事の理菜の役目だった。

理菜がやっている仕事は、いわゆるパパ活というものだった。

理菜は金が欲しかった。しかし、受験生にはアルバイトに費やす時間がなかった。そんなことをぽろりと漏らしたときに、一人の友達がパパ活のことを教えてくれた。

SNSの掲示板に「パパ活求ム」の募集を載せれば必ず誰かが食いついてくる。そのなかから自分に合いそうな相手を選んで一定時間を一緒に過ごせば、バイト以上の稼ぎになる。

その友達はこんなことをいった。そして、

「うちの学校にも、やっている人が何人かいる」

とつけ加えた。

友達に指示されたように掲示板に載せると二十人をこえる男たちから連絡があった。そのなかから優しそうな男を選んだのだが、それが米沢だった。

会って話をするだけ。町のぶらつきや食事はなし――というのが理菜の条件だったが、米沢はそれを快く了承した。

最初に会ったとき米沢は、

「いいなあ、理菜ちゃんは。その素朴な可愛らしさが、私の好みにぴったり。いや、いい人に会えました」

と、べた褒めした。

歯の浮くような台詞《せりふ》だったが、悪い気はしなかった。今まで何人かの男子とつきあったことはあったが、ここまで褒めてくれた者は一人もいなかった。

しかし、その快さもいわれるたびに鼻についていきて、すぐに薄らいだ。いった先から消えていく言葉に聞こえた。それでも理菜が米沢に会っているのは時間給のよさだった。

普通、会って話をするだけのパパ活だと時間給は三千円か、よくても四千円だったが米沢は五千円くれた。二時間話をすれば一万円になった。理菜は米沢と月に二回会う契約をしていたので、それだけで二万円になった。米沢と会い始めたのは四カ月前なので、八万円ほどが理菜に入ったことになる。確かに割のよい仕事だった。

それでも金は足りなかった。

理菜は高校を卒業するまでに、三十万円の資金が欲しかったが、この分では達成は困難といえた。それを打破するためには、もう少し濃いめのつきあいをするしかなかった。

しかしそれは。

前回、米沢は別れ際に、こんなことをいった。

「理菜ちゃん、キスをしたことはあるかな」

いやに真剣な表情で理菜を見た。

「キスなら、あります……」

蚊の鳴くような声で答えた。

以前つきあった男子と、何度かキスをしたことはあった。

「経験があるのなら安心だ」

米沢は顔一杯に笑みを浮べ、

「じゃあ私ともしてみないか。一回二時間のなかにキスも含めてくれれば、五万円払ってもいいけれど」

低い声で、ささやくようにいった。

理菜は夢中で首を横に振った。

「今はまだ、そこまでは」

ようやくこれだけいえた。

経験があるからこそ嫌だった。あの厚い唇とあんなことをするなど、想像するだけでも嫌だった。

「そうか。じゃあ、もしその気になったら、そのときはね」

そういって米沢は帰っていった。

時計がそろそろ、約束の二時間になろうとしていた。

米沢が真直ぐ理菜の顔を見ていた。

「若い子はいいねえ」

ぼそっといった。

「陽の光に透けるような、産毛がね」

低い声だった。

「産毛ですか……」

理菜が訝《いぶか》しげな声を出すと、

「年を取ると男も女も体中から、産毛がなくなっていくんだよ。産毛も何も生えなくなる肌になってしまうんだよ。そこへいくと若い子は」

米沢の手がさっと伸びて、半袖から出ている理菜の腕に触れた。まったく予想外の米沢の行動だった。

「契約違反です」

思わず声が出た。

米沢との契約は、会って話をするだけ。肌に触れるのは厳禁ということになっていた。

「そうだね、契約違反だね。じゃあ」

米沢はひとつ咳払いをして手を引っこめ、

「理菜ちゃんは、これまでにセックスをしたことがあるんだろうか」

思いきったことを訊いてきた。

「ありません」

睨《にら》むような目で米沢を見た。

本当のことだった。キスはしたことはあっても、セックスの経験はまだなかった。

「へえっ、真面目なんだ、理菜ちゃんは」

米沢は喜色満面の顔でこういい、後をつづけた。

「じゃあ、もし私にやらせてくれたら、三十万出すといったら、理菜ちゃんはどうするんだろう」

ざわっと理菜の胸が騒いだ。

「何に使うかはいわなかったけど。以前、高校を卒業するまでに、三十万円必要だからパパ活をやるんだといっていたことを思い出してね。それで、こんな提案をしてみたんだよ」

落ちつき払った声で米沢はいった。

「それって法律違反になるんじゃ……」

声が掠《かす》れた。

「そう、確かに法律違反にはなるけれど、理菜ちゃんと私が口をつぐんでいれば誰にも知られることはない。知られることがなければ、ないも同然。罰せられることもなく、すべてが丸く収まる」

「でも……」

　三十万という米沢の言葉に、頭のなかが真白になっていた。どう答えていいか、まったくわからなかった。

「こんなことはどこにでもある話で、決して珍しいことじゃない。わからないだけで誰もがやっていることだから」

　米沢はさらにいいつのる。

「でも……」

　同じ言葉が出た。

「ほんの一時。ほんの一時、我慢すれば、理菜ちゃんが貯めようとしていた三十万が全部手に入ることになるんだよ。決して悪い話じゃないと私は思うがね」

　また米沢の手が伸びて、理菜の腕に触れてきた。が、拒絶の言葉は口から出ようとしなかった。

　米沢の指が理菜の腕を、ぞろりとなでた。それでも拒絶の言葉は出てこない。理菜の体は石のように硬く固まったままで、ぴくりとも動かない。

　そのとき、理菜の目の端が店にかかっている時計の文字盤をとらえた。約束の二時間を少し回っていた。

「あの、時間です」

ようやく、これだけいえた。

「そうだね。時間のようだね。じゃあ即答してくれとはいわないから、今のこと、きちんと考えてもらえると嬉しいな」

米沢の手が理菜の腕から離れた。

とたんに体が、すっと軽くなるような気がした。

「じゃあ、帰ります」

ぽつりといった。

帰りに珈琲屋に寄ろう。

そんな思いが胸のなかを、ふいによぎった。

扉の鈴を鳴らして店のなかに入ると、テーブル席に客は数人だけだったが、カウンターのほうには――あの後ろ姿は島木だ。それに、その隣にいる女性は確か『蕎麦処・辻井』の冬子。

カウンターに向かおうとする理菜の足が、一瞬止まった。島木はいいとしても、冬子の前で自分の顔の話をするのは、やはり躊躇《ためら》われた。

冬子は誰が見ても美人だった。理菜とは対極にいる女性だった。しかし、この際、腹を括《くく》って冬子の意見を聞いてみるという手もある。先日の行介の話では、嫌な人間ではなさそうだし。

再び歩き出した理菜に、

「いらっしゃい、理菜さん」

行介の太いが優しい声が飛んだ。

すぐに島木が立ちあがった。

「これはこれは、ようやくお姫様のお出ましといったところですか」

聞いていて恥ずかしくなるような台詞を口にしてから、島木は自分の席をさして「どうぞ」と理菜を誘った。理菜は素直にその席に自分の体を入れ、すぐに島木が隣に座りこむ。島木と冬子に挟まれた格好だが、特に嫌な気持はなかった。

「ブレンドでいいのかな」

という行介の言葉に理菜は「はい、お願いします」と首を縦に振る。

「それから、隣の女性が辻井の冬子――出所してきた俺を島木と一緒に、唯一温かく迎えてくれた幼馴染みだ」

行介の声に冬子が軽く頭を下げた。

「知ってます。この界隈《かいわい》では一番の美人ですから。誰がどう見ても、文句なしの美人ですから」

「ありがとう。でも、もうオバサンだけどね」

理菜の言葉に冬子がすぐに反応するが、特に嬉しそうな表情でもない。

「オバサンかもしれませんけど、今でも冬子さんは正真正銘の美人ですよ」

他人事《ひとごと》ながら理菜が、ちょっとむきになった声をあげると、ほんの少しだったが冬子の顔に笑みが浮んだ。

「それで理菜ちゃんは、先日の話のつづきをするためにここに？」

興味津々の顔で島木がいった。

「はい、そのつもりです。私の話を聞いて、みなさんがどう思うか。それが知りたくてここにきました。よろしくお願いします」

ぺこりと頭を下げると、

「冬子がいても、いいのか」

念を押すように行介がいった。

「大丈夫です。というより、冬子さんの意見は絶対に聞きたいと思っていますから」

小さく理菜はうなずく。

「わかった。じゃあ、その前に」

行介も小さくうなずき、

「熱いですから」

といってサイフォンからカップに注いだコーヒーを、理菜の前にそっと置いた。

「あっ、ありがとうございます」と理菜はいい、慎重にカップを手にとり、ゆっくりと口に運んだ。

しばらくして、コーヒーを飲みほした理菜はこれまでの出来事を、つっかえながらも丁寧に三人に語った。

目の細さからヒッカギと呼ばれて、クラスのなかで苛めにあい、一時は親友からも見放されて独りきりに陥った詳細や――現在は三十万円の金を貯めるために、米沢という中年男と月二回のパパ活を実践していることなど、心の奥に押しこめていたすべてを吐き出した。

「その貯めている三十万の使い道というのは、ひょっとして」

話が終り、まず最初に声をあげたのは島木だった。

「はい。島木さんが思っている通り、ヒッカギと呼ばれている、私の目を大きくするための整形手術の費用です」

低い声で理菜はいい、

「もっと安い手術もあるんですが、切開法というやり方なら結果もしっかりしていて、時間が経っても崩れが少ないんです」

早口であとをつづけた。

「だから、パパ活か」

島木が独り言のようにいい、

「で、手術はいつやるつもりなのかな、理菜ちゃんは」

と、はっきりした口調で訊いた。

「高校を卒業したあとに。その時点で、それまでの同級生たちとも縁が切れ、新しい舞台の上でのびのびと生きていくことができます」

強い調子で理菜は答えた。

「なるほどなあ。誰にも文句をいわれず、その時点ですんなり過去がすてられるということか。しかし、今のパパ活ではそれまでに三十万を貯めるのは無理なんじゃ……」

島木が頭を左右に振った。

「それは……」

理菜はちょっといいよどんでから、実はといって米沢から提案されたキスの件と、セックスの件を三人に話した。

「結局、パパ活の行きつくところは、そういうことか」

島木が絞り出すようにいった。

「邪道だな、それは。私は今まで幾人もの女性と事をおこしてきたが、札束で相手の頬を張ったことは一度もない。真摯に相手を好きになり、真摯に相手にそれを伝えた。男と女の関係というのは本来そういうもので、そこに金がからむと、これはもうプロの世界の話で、犯罪のにおいさえしてくる」

一気に島木がまくしたてた。

「犯罪って……米沢さんは、そんな悪い人じゃないはずです」

犯罪という考えてもいなかった言葉に、理菜は思わず米沢を擁護した。

「米沢という人を弾劾《だんがい》してるわけじゃない。私は一般的なことをいっているだけです。しかし、私の勘が……」

苦しそうな声を島木が出したとき、隣の冬子が口を開いた。

「理菜さん、あなた間違ってる」

凛とした声だった。

「二時間、無駄話をするだけで一万円の報酬って何。あなたが水商売の女性なら私は何もいわないけど、あなたはまだ高校生。高校生がそんな荒稼ぎをしていたら、やがて金銭感覚が麻痺《まひ》して心を病むことになる。世の中を軽く見て舐《な》めてしまうことになる」

冬子は勢いよくいってから、

「どんなことでも何かを得るってことは、何かを失うことなの。特に常識外の方法で何かを得たときは、これも常識外の大きな何かを失うことになるはず。私はそう思う」

噛《か》んで含めるようにいった。

「それはわかっています。難しいことは理解できませんが、パパ活が異常なことは、私にもわかります」

本音だった。理菜にしても好きでパパ活をしているわけではなかった。ただ……。

「私たち受験生には時間がないんです。何かで大きく稼がないと、目標額に達しないんです」

「だから、三十万円もらって体を提供するっていうの。好きでもない中年男を相手にして、手っとり早く」

冬子の辛辣《しんらつ》な声が飛んだ。

「それはまだ、きめていません……」

蚊の鳴くような声の理菜に、

「それに、時間がないというのを言い訳にするのは卑怯《ひきょう》だと思う。時間はたっぷりあるはず。大学に入れば時間はいっぱいできて、ちゃんとしたバイトもできるはず。それからでも遅くはないと思うけど」

冬子がぴしゃりといった。

「そんなことをすれば、周囲に整形したことがばれてしまいます。そんなこと」

喉につまった声を出した。

「大学の友達にはわからなくても、この商店街の人たちにはわかるはず——どうせそうなら、そんな卑怯な手段はやめて開き直ったら。それが理菜さんの得たものに対する、それ相応の失うもののような気が私にはするけど」

冬子の酷評に、理菜の心に怒りのようなものが湧きおこった。

「冬子さんは自分が綺麗《きれい》だから、そんな酷《ひど》いことがいえるんです。醜い人間の心がわからないんです」

叫ぶようにいった。

「醜いって誰がそうなの。理菜さん、あなた大きな勘違いをしてる。あなたのヒッカギという渾名は、あなたを苛めるための口実のようなもの。それが証拠に、苛めが始まるまではそんなことをいわれた覚えがないって、あなた自身がいってたじゃない。その口実にあなたは過剰に反応して整形しかないと思いこんだ。理菜さんの目は確かに細い。でも私にいわせれば醜くはない。整形する必要なんてまったくないと私は思う」

整形する必要など、まったくない。

決定的な言葉が出た。

「でも私は、冬子さんみたいに美人じゃないです」

何だか泣きたくなってきた。

「そう、理菜さんは美人じゃない。それは私も認める」

思いきったことを、冬子がいった。

「美人じゃないけれど、醜くはない。つまり、普通だってこと。そして、普通ってことは可愛いってことなの」

訳のわからないことを、冬子はいった。

「世の中の大部分の人が普通。そして、普通の人は、それぞれ、その人なりの可愛らしさを持っている。本人自身は気がつかないかもしれないけど、普通というのは可愛らしさの代名詞。そして幸せの代名詞でもあるわ」

まだ理菜にはわからない。

「普通の人が普通に生きていくのが、本当の幸せ。それが真実」

何となくわかってきたような。

「ざっくりいえば、普通は幸せで、美人は不幸ということ」

たたみかけるような冬子の言葉に、理菜の頭はまた混乱した。

「なぜ、美人が不幸なんですか。それって、ちょっと変じゃないですか」

理菜が唇を尖らせると、

「そうか、そういうことか」

隣の島木が、ふいに声をあげた。

「いわれてみれば、美人に幸せな人はあまりいないような気がするな。若いときはもてはやされるだろうが、そんなものはすぐに慣れてしまって、嬉しくも何ともなくなるだろうし」

何度もうなずきながらいった。

「そう。単にうっとうしいだけになってしまう。そんなことより、好きな人と一緒になって、可愛い赤ちゃんを産んで、ちゃんとした家庭を築くのがいちばんの幸せ。でも、結婚しても美人には誘惑が多いのも確か。だけど、そんな誘惑に乗ろうものなら」

冬子は首を横に振る。

「家庭が崩壊するかもしれない……男のなかには悪いやつらもいっぱいいるし」

そういって、島木が理菜の顔をちらりと見た。

「それに可愛らしさは年をとってもなくならないけど、美しさは年とともに確実に衰えていく」

「可愛らしさは年をとっても、なくならないって？」

怪訝《けげん》に思って理菜はいった。

「可愛らしさのベースは心。心に大きな変化がなければ年をとっても維持できるけど、美しさのベースは形。年月を経れば確実に崩れていく。これは本当のことよ」

何となくわかるような気がした。

「だから、女性は美しさよりも可愛らしさ。理菜さんは今でも充分に可愛いんだから、整形なんて無用」

冬子はきっぱりといいきり、

「神様は実に公平に、人間を創ってるわ」

こんな言葉をつけ加えた。

神様は公平……。

今まで理菜は、そんなことは考えたことがなかった。神様は不公平——そう思って生きてきた。しかし冬子のような考え方もあるのだ。確かに大きな視点から見れば神様は公平。そういえないこともないような気がした。

しかし理菜には、ひとつ疑問があった。

なぜ冬子は理菜の問題に、これほどのめりこんだ対応をしてくるのか。辛口の対応ではあったけど、懸命さは感じられた。それがわからなかった。

そんなことを考えていると、カウンターの向こうから声がかかった。今まで沈黙していた行介の声だった。

「議論が一段落したところで、二杯目のコーヒーでも淹れようか。むろん、これは店のサービスだ」

妙に明るい口調でいった。

「今日はいらない」

答えたのは冬子だ。

「そんなことより」

理菜の横顔に冬子の視線が注がれた。

「この行ちゃんと私は昔、恋人同士だった。それが行ちゃんが人を殺したために別れることになって、私はお見合いをして茨城《いばらき》の旧家に嫁いだ。でも行ちゃんが出所する日が近づくにつれて、私は居ても立ってもいられない状態になった。私は何が何でも、行ちゃんと一緒になりたかった。でも嫁ぎ先は厳格な家だったし、主人も私の美しさに執着して離婚話は通らなかった。それで私は——」

ごくりと唾を飲みこむ冬子の顔を見ながら、これだと理菜は思った。この話をしたいがために、冬子は自分の話に真摯に向きあった。それに違いない。

「非常手段を取った。離婚しなければならなくなる、既成事実をつくった。罰があたるような、酷い既成事実を」

若い男と浮気をしたと、冬子はいった。

若い男を誘惑して浮気という既成事実をつくり、婚家にぶつけた。それでも夫は離婚を渋ったが、婚家はそれを許さなかった。冬子は離縁され、生まれ育ったこの町に戻ってきた。

しかし冬子の計算は外れた。

行介は結婚を拒否した。拒否はしたが、今でも行介の心が変っていないのは確かだった。それでも結婚はできないと、行介はいった。

「俺は幸せになってはいけない、人間なんだ」

これが行介の言い分だった。

法の裁きはすんでも、人間としての裁きはすんでいない。一生を懸けてつぐなっていくのが、人間としての道だともいった。

だから出所して二年が経った今でも、行介とは幼馴染みの友達同士。つかず離れずではあったが、中学生のようなつきあいをつづけている。

こんな話を冬子はした。

高校生の理菜にとって、衝撃的な話だった。好き同士なら一緒になるのが当然。何があろうと拒む理由がなかった。自分たちとはまったく違う、大人の世界を垣間見た思いだった。悲しすぎた。理不尽だった。気がつくと理菜は泣いていた。肩を小さく震わせて嗚咽《おえつ》した。

「理菜さんが泣くことないから。こんな理不尽な話は、そうあることでもないしね」

冬子が優しく背中をさすった。

「はい」

理菜は背筋をぴんと伸ばして、洟《はな》をちゅんとすすった。少し気持が和らいできた。ポケットからハンカチを出して涙をふいた。小さな深呼吸を繰り返した。これで大丈夫だ。

理菜にはもうひとつ、確かめたいことがあった。

「あの、おじさんにひとつ、訊きたいことがあるんですけど」

理菜は行介にこう声をかけ、

「おじさんの、その手って」

行介の引きつれた右手を凝視する。

「私はその手を、世間から爪弾きにされている自分を忘れるためにやっている行為だと思っていたんですけど、違うんですよね。いろんな話を今日聞いて、そう考えを変えました」

理菜の言葉に、行介が自分の右手をじっと見た。

「私は自分の醜い目から逃げるために整形ということを考え、おじさんは世間の白い目から逃れるために、その醜い手をつくりあげた。順序は逆ですけど、同じようなものだと考えていたんですけど、勘違いのようでした——すみません、生意気なことをいって」

ぺこりと頭を下げた。

「この手は——」

行介はくぐもった声を出し、

「人でなしの自分を苛めるためにやってるだけで、深い考えはないよ。天罰のようなもんだ」

さらっといった。

「にしても、行き過ぎだよな、その手は。そうとしかいいようがない」

島木が、おどけたようにいった。

「そう、物にはホドってものがあるから。行ちゃんはそれを考えていないから」

冬子が呆れたようにいう。

「ホドか。そうかもしれんな」

行介も頭を振りながら答える。

「よし、それならここいらで、二杯目のサービスコーヒーだ」

島木が叫ぶようにいった。

「それはいいが、冬子はどうするんだ」

「飲むわよ。飲むにきまってるじゃない。ねえ、理菜さん」

冬子の声に「はい」と答えながら三人を見て、理菜の胸に羨しさのようなものが湧いた。そして、和佳子の顔が。

「ところで行ちゃん」

冬子が行介を呼んだ。

「行ちゃんは、理菜ちゃんのパパ活とか整形のことをどう思ってるの。ずっと何もいわなかったけど、考えを聞かせてよ」

理菜の思いを代弁するようなことをいった。

「俺は単純な人間だから、特別なことはいえないけど」

行介はこう前置きしてから、

「食うために体を売るなら、仕方がないと思うし、生きるために整形をするなら、それも仕方がないと思ってるよ」

飾りけのない言葉で明瞭に答えた。

「なるほど、単純明快だな」

島木の声を耳の端で聞きながら、理菜は行介の言葉を胸の奥で反芻《はんすう》する。行介は食うためにと、生きるためにといった。どちらも理菜の今回の立場とはほど遠かった。つまり行介は理菜に、やめろといっているのだ。そして、ひょっとしたら自分は、行介のこの言葉を聞くためにここにきたのではと、ふと思った。

来週の日曜日は、米沢とのパパ活の日だった。

理菜の腹はきまった。パパ活は打ちきりにしようと思った。今度米沢に会ったとき、はっきりそういうのだ。そして、パパ活が打ちきりになるということは、必然的に整形も取りやめになるということだった。それはそれでいい。冬子のいう普通の道を歩こうと思った。幸せの道を。

三人の前に熱々のコーヒーが置かれた。

カップを手に取る前に、理菜は来週の日曜日、米沢に会うことを三人に話した。米沢に会って、きっぱりパパ活を打ちきることを。

「それはいい、そうこなくちゃいけない」

島木がはしゃいだ声をあげ、行介も顔を綻《ほころ》ばせる。

「よく決心したね。理菜さん、偉い」

冬子が嬉しそうな声でいった。

「ところで、その米沢という男とはどこで会うのかな」

島木が顔を覗《のぞ》きこむようにしていう。

理菜が二つ手前の駅前にある喫茶店の名前をいうと、

「それはまずい。向こうにしたらいい話じゃないんだから、逆上して何をするかわかったもんじゃない」

心配そうな島木の口ぶりに、

「そんなことをするような人ではないはずです。優しい人ですから」

慌てて顔の前で手を振ると、

「理菜ちゃんはまだ、男の怖さというものを知らない。悪いことはいわないから、私のいうことを聞いて、この店で会うことにしなさい」

諭すようにいった。

「この店って、この珈琲屋さんですか」

「そう。ここなら何がおきようが安心だ。何たって行さんは喧嘩《けんか》の達人で、誰がこようがびくともするもんじゃない」

島木の言葉に「おいおい」と行介が首を大きく振る。

「そうね。プレイボーイの島木君がいうんだから、ここは安全策を取ったほうがいいかもしれないね。もちろん、私も島木君も、その日にはこの店にくるから」

冬子がこういって、米沢と会う場所はこの珈琲屋にきまった。時間はいつも通りの二時から四時までだ。

「それから、理菜さん」

冬子が理菜に笑いかけた。

やっぱり綺麗だった。

「大学に入ったら、高校と違って思う存分に化粧ができるわよ。女は化粧の仕方で別人のように変るから」

大きくうなずいた。

「あっ」と理菜は叫ぶような声をあげた。

「そうですね。そういうことですね」

胸がすうっと軽くなった。

「じゃあ、そろそろ飲もうじゃないか。せっかくの熱々が冷めてしまう」

急かすようにいう行介の右手には自分用のコーヒーカップが、しっかり握られている。

四人は同時にカップを持ちあげた。


その日の一時半、理菜が珈琲屋を訪れると言葉通り、島木と冬子がきていて、カウンター前に座っていた。行介はむろん、カウンターのなかだ。

「大丈夫か、理菜ちゃん」

二人の前に立つ理菜に、島木が優しく声をかける。

「向こうはちゃんと、くるのね。この店で会うことをちゃんと、承諾したのね」

心配そうにいう冬子に、

「電話をしたとき、場所を地元に変えたことに米沢さんはちょっと不審げな様子でしたが、家とはかなり離れているし、塾もあるからと説明したら、納得してくれました」

何でもないことのように理菜はいう。

「とにかく何かあったら、合図をすること。すぐ駆けつけるから」

父親のような口調で島木はいう。

「わかりました。じゃあ、私は奥の席にいますから」

理菜はこういってから、カウンターのなかの行介に、

「すみませんが、コーヒーは米沢さんがきてからお願いします」

と頭を下げて奥の席に向かい、そっと腰をおろして、昨日の和佳子との会話を思い出す。

昨日の放課後、学校の近くの喫茶店に理菜は和佳子と行き、久しぶりにゆっくりと話をした。他愛のない会話のあと、理菜は整形のことを和佳子に話した。和佳子がどんな反応をするか見たかった。むろん、パパ活の件は話すつもりはなかった。

「意味ないよ、それ」

と和佳子はすぐに口にした。

「理菜の目は大きくないけど、変じゃない。あのときみんなが理菜の目をからかったのは、苛めるための口実。だから、目のことは気にすることはないよ」

冬子と同じことを和佳子はいった。

「でも、ごめん。あのとき逃げたりして。でも私、本当に怖かったの。でもやっぱ、逃げるべきじゃなかったと思う。といっても、また同じことがおきたら、私逃げるかもしれない。私、かなりのビビリだから」

でもを連発する和佳子の言葉は、正直なものに聞こえた。そして、自分も同じ立場になったら逃げるかもしれないと、ふと思った。

「いいよ、もう、すんだことだし。それよりも凄《すご》い話があるんだけど。大人の世界っていうか、大人の恋っていうか。ちょっと感動ものの話がさ」

理菜はこう前置きして、行介と冬子とのことを詳細に和佳子に話して聞かせた。

「凄いね、それ」

和佳子の第一声がこれだった。

「若い子と浮気をして離婚してもらったっていうのも凄いし、それだけのことをして、ようやく会えたのに結婚を拒否されたという話も凄い。うちらには到底理解できない話だよね」

感心したようにいう和佳子に、

「好き同士がすぐそばにいて、結婚どころか友達同士という、中学生みたいな関係って。あんな大人が今でもいるんだって、私最後に泣いちゃった」

首を何度も振って理菜はいう。

「好き同士でいながら、つかず離れずの状態か。何だか――」

和佳子はぷつりと言葉を切ってから、

「うちらみたいだね。イザというときに逃げ出したり、またくっついたり。でも次は絶対に逃げないから大丈夫」

しんみりした口調でいった。

「その代り、次は私が逃げるような気がする。そしてまた戻ってきて、つかず離れず」

二人は顔を見合せて笑い出した。

「でも、その二人の恋って多分、本物だと思う。うちらのようなチャラチャラした恋じゃなく、本物の大人の恋。ちょっと憧れるけど、決して経験はしたくない。でもやっぱ、憧れるという……」

やけに真面目な顔で和佳子はいう。

「それに、あの言葉――普通は可愛い、普通は幸せっていう言葉を聞いて、私ちょっと考え方が変ったかもしれない」

「変ったって、どんなふうに」

顔を覗きこむように和佳子が見てきた。

「よくはわからないんだけど、強いていえば本物志向に」

「そういえば、美人は不幸だっていった、その女の人、美人なんでしょ」

「そう。もうオバサンなのに、文句なしに綺麗。悔しくなるくらい」

理菜は大きな吐息をつく。

「美人が、美人は不幸っていうんだから、やっぱ本当なんだろうね。お互い――」

にまっと和佳子が笑った。

「お互い、不細工でよかったねって」

理菜も笑い返していうと、

「違う、違う。お互い普通でよかったねって」

和佳子がこういって、このあと「普通は可愛い、普通は幸せ」の大合唱となった。もちろん、店のなかなので声は落していたが、このとき理菜は和佳子とは、たとえ違う大学に進学したとしても、いい友達関係が保てるような気がした。

そのとき、腰をおろしている奥の席の前に誰かが立つのがわかって、理菜の回想は終わった。

顔を上げると米沢だった。

「こんにちは、理菜ちゃん」

優しい声でいって、米沢は理菜の前に腰をおろした。

「あっ、すみません。勝手に会う場所を変えたりして。この店、すぐにわかりましたか」

「わかったよ、すぐに。電話での理菜ちゃんの教え方がうまかったから」

そういいながら米沢は、厨房に向かって手をあげる。すぐに行介がトレイに冷水の入ったコップをのせてやってくる。

「いらっしゃい。何にしましょう」

ぶっきらぼうな声を出す。

「私はブレンド」

と理菜がいい、米沢も同じものを注文する。

「それから、若い女の子用にケーキか何かが欲しいんだけどね」

「すみません。うちにはそういった類いのものは置いてないんで」

「じゃあ、何か他の――」

渋い顔で米沢がいったところで、

「私はコーヒーだけでいいですから」

と理菜がいって、ひとまず落ちついた。

「ところでこの間の件、考えてくれたかな。承諾してくれると嬉しいんだけどな」

米沢は早速、例の件を切り出した。

「そのことはコーヒーがきてから、ちゃんと話をしますから」

理菜のこの言葉に何かを感じとったのか、

「ああ、そうだね。コーヒーがきてからでいいよね」

上ずった声を出して、米沢は背筋を伸ばした。

行介がコーヒーを運んできて、理菜はまずそれを一口飲む。すると米沢は上衣の内ポケットから茶封筒を取り出してテーブルに置き、

「実は今日、現金を持ってきたんだ。封筒のなかに三十万円入ってるから、機嫌よく受け取ってくれないかな」

優しすぎるほどの声でいった。

「現金を持ってきたって……」

呆気《あつけ》にとられる理菜に、

「先日理菜ちゃんに話した時点で、契約は成立。今日現金を持ってきたことで、受け取りは承諾。そういうことだから」

米沢は勝手なことをいい出した。

「そんな訳のわからない話……」

「わからなくても何でも、この世界ではそういうことになってるんだよ。今更文句をいっても、もう遅い。素直にいうことを聞いたほうが得だよ。ちょっと我慢すればキャッシュで三十万だけど、これ以上無理をいうと、只働きってことにもなるからね」

理菜の背筋がすうっと寒くなった。

島木がいったように、こいつは悪いやつだ。きちんと、あのことをいわなくては。

「私が今日ここへきたのは、こんな物を受け取るためじゃなく、米沢さんとのパパ活の打ちきりを伝えるためなんです。もう、パパ活をするつもりはありません」

低い声でいうと、

「場所を変えようという電話があったときから、薄々気づいていたよ。人間は嫌な話をするときはなるべく地元に近いところでという本能が働くからね。だから手っとり早く現金を持ってきたんだ。それでも嫌だっていい張るのなら」

じろりと理菜の顔を見た。怖い目だった。

「理菜ちゃんがパパ活をやっていて、私から大金をふんだくっていると学校側に知らせてもいいし、ネットに載せてもいい」

顔から血の気が引くのを理菜は感じた。

「私は大金なんか――」

叫ぶようにいうと、

「支払いはすべて現金。どれだけやり取りしたかなんて調べようがない」

落ちつきはらった声で米沢は答えた。

「でも、そんなことをしたら、米沢さんだって只じゃすまないんじゃ」

掠れ声で理菜はいう。

「私はあくまでも被害者。パパ活求ムのネット掲示を見て応募したら、それだけで、この女から金をむしりとられた。その筋書きで押し通すから、それほどの罪にはならない。というか、ここは理菜ちゃんが三十万を受け取って私に体を提供すれば、すべて丸く収まるんだけどね」

と米沢がいったところで、上から声がかかった。

「何を調子のいいことを。いい大人が未成年の女の子をたぶらかして」

顔を上げると島木が立っていた。後ろには行介もいる。

「何だ、おめえたちは」

米沢の口調が、がらりと変った。

「あんた、本当に機器販売の営業部長なのか。どっかのゴロツキなんかじゃないのか」

島木がぴしゃりという。

「もしそうだったら、どうする。俺の後ろには怖い連中が控えているかもしれねえぞ」

鬼の形相になった米沢が島木を睨みつけた。

「怖い連中といえば私の後ろにいる、この男。十年前に地上げ屋を殴り殺して岐阜刑務所に服役した男で、この店のオーナーでもある。あんたの与太話と違って、これはこの近所の誰に訊いてもらってもわかることだ。ついでにいえば、岐阜刑務所ではあるヤクザの大親分に見込まれて懇意になっている。だから、あんたの後ろにいるというヤクザの名前を明かしてもらえば、こっちでカタをつけるから、いってみるといい。いったい誰だ」

低すぎるほどの声を島木は出すが、これは半分ほどハッタリである。そのとき、

「島木、どけ。お前じゃ埒《らち》が明かん」

島木の前に行介が出た。

凄まじい目で米沢を睨みつけた。

「いってくれませんか、米沢さんとやら。誰が後ろに控えてるんでしょうか」

とたんに、がばっと米沢がテーブルに両手をついて頭を下げた。

「すみません、嘘《うそ》です。ヤクザのバックなんかいません。どうか穏便に。よろしくお願いします」

泣き出しそうな声をあげた。

これで一件落着だった。

米沢は逃げるようにして帰り、理菜たちは厨房前に移動した。カウンターには三つの新しいコーヒーカップが並んでいる。

「すみません。あの人があんな怖い人だとは、まったく思ってもいませんでした」

上ずった声で理菜はいう。

「世の中、ああいう連中はけっこう多いから、これからは理菜ちゃんも気をつけないとね」

落ちついた声でいう島木に、

「もう、パパ活なんて絶対しません。整形だってしません。地道なバイトをして、地道に生きていきます。本当に懲《こ》りました」

理菜は体を、ぶるっと震わせた。

「そうね。何があろうと普通にね。普通に生きれば必ず幸せは手に入る」

背中をなでながら、優しく冬子はいう。

「はい、普通がいちばんです、普通が」

理菜の頭のなかには、普通がいちばん、普通は可愛い、普通は幸せ……こんな言葉が踊っている。

「とにかく大学に入ったとして、学生の間の四年間は気をつけないとな。いろんな誘惑があるだろうから、ほどほどに。四年が過ぎて社会人になれば、いろんな意味で落ちつくはずだから」

カウンターのなかの行介の言葉に、

「はい、四年間は地道に過ごすつもりです」

といってから、理菜は頭のなかに何かが引っかかるような感触を覚えた。これはと考えてから、四年間という言葉にぶつかった。

チャンスは、もう一回あった。

大学卒業時に整形をすれば、あとは社会人。誰にも気づかれることはない。そうなのだ。チャンスはもう一回あるのだ。

「どうしたの、理菜さん」

怪訝な面持ちで冬子が見ていた。

「あっ、何でもありません」

理菜は何度も首を振って、意識を集中する。
普通がいちばん、普通は可愛い、普通は幸せ……と何度も胸の奥で叫びつづけながら。

どん底の女神

買う物はきまっていた。

夕食代りに食べる、ひとつ百二十円の餡《あん》パンだ。

しかし雄三《ゆうぞう》は、その餡パンをなかなか手に取ろうとせず、ゆっくりと店のなかを歩き回っている。理由は簡単だった。レジにいる女性が気になって仕方がないのだ。

名前は由里子《ゆりこ》。以前、同じこのコンビニで働いている女性が「由里子さん――」と呼んでいたのを耳にしたから、まず間違いないが、苗字のほうはわからない。

歩きながら雄三はちらちらと、由里子に向かって遠慮ぎみな視線を走らせる。まともに顔を見つめる勇気は持ち合せていない。あくまでも、さりげなくひっそりと由里子の顔を見る。雄三はそれで充分満足だった。今年四十歳になる雄三は、今まで女性とつきあったことが一度もなかった。その雄三が――。

ちらっとレジカウンターに目を向ける。

由里子がいた。伝票の整理でもしているのか、うつむき加減で何やら作業をしている。

だから顔はよく見えないが、由里子の容姿は雄三の脳裏にきっちり刻みこまれている。丸顔で二重瞼《まぶた》の大きな目。唇はやや小さめで、頬から顎にかけての線はふわりと柔らかく、いかにも優しそうだ。

丸顔が年齢を若く見せているが、実際には四十歳の雄三とそれほど差はないように思える。化粧は薄く、動作も控えめで口数も多くない。一言でいえば、おとなしそうな女性といえた。その女性に雄三は……。

これが恋というものなのかどうかは、雄三自身にもわからない。何といっても今まで一度も女性とつきあったことのない身なのだ。好意をよせた女性はいたけれども、それが恋なのかどうなのかもわからない。何にしても自分は女性には縁のない人間。悲しいけれど、それだけは自覚していた。

十年ほど前、雄三が都内の運送会社でトラック運転手をやっていたとき、こんなことがあった。

同じほどの年で川崎景子《かわさきけいこ》という事務をやっていた女性がいて、雄三に対してことさら優しく接してくれた。

長距離から帰ったときなどは、すぐに缶コーヒーなどを持ってきてくれたし「ご苦労様」「頑張ってね」などという声かけもしょっちゅうしてくれた。

仕事で失敗したときなどは、

「失敗なんて誰にでもあること。だから、しょげない、くさらない、うつむかない」

と大声でいって背中をどやしつけてくれたこともあった。

景子は雄三に向かってよく笑ってみせた。元気の湧き出る笑顔だった。

これはひょっとしたらと、雄三の胸は躍った。景子は小太りで人目を引く顔立ちでもなかったし、特に好きだという自覚もなかったが、そんなことはどうでもよかった。

ある日の帰り際、雄三は一大決心をして景子を近所の喫茶店に誘った。

「何、話って」

笑顔を向ける景子に、雄三は口をもごもごさせた。胸が早鐘を打つように鳴っていた。体が震えていた。テーブルの上のアイスコーヒーを手にして、ごくりと飲みこみ、一世一代の勇気を振り絞った。

「あの、何というか、自分とつきあってほしいというか」

こんなことを女性にいうのは、初めてだった。しどろもどろの口調になった。

「えっ……」

景子は一瞬で固まった。

嫌な沈黙が流れた。

「何かおいしいものでも、ご馳走《ちそう》してくれるものかと思ってきただけなんだけど」

ぼそぼそといった。

雄三の体が凍りついた。さあっと冷えた。

「私がふだん声をかけたりしてるのは、ただ岸田《きしだ》さんがかわいそうで。だから、何とか助けてあげようと。ただそれだけのことで、それ以上は……」

いいにくそうに口にした。

やっぱりという気持が体中をつつみこんだ。

あの笑顔は憐《あわ》れみから出たものなのだ。

本物ではなかった。

雄三は体を縮めた。

「すみません、とんでもない勘違いをして。でも自分、景子さんの親切が本当に嬉しかったから、本当に。でも、こんな迷惑をかけてしまって……」

低すぎるほどの声でいった。

「そうよ。せっかくボランティアのつもりで優しくしてあげたのに、こんな勘違いするなんて、酷《ひど》すぎるわよ。何かすごく嫌なかんじ」

景子の口調に怒気が混じった。

「もう私は、岸田さんには優しくしないから。せっかくいい気持になってたのに、水を差された思い」

さっと立ちあがった。

「いくら私が売れ残りだからって、選ぶ権利ぐらいはちゃんとあるから」

捨て台詞《ぜりふ》のような言葉を残して、景子はその場を去っていった。

「選ぶ権利……」

呟《つぶや》くようにいう雄三の目頭が、ふいに熱くなった。涙がテーブルの上に滴った。雄三は唇を嚙《か》みしめて嗚咽《おえつ》をこらえた。

雄三は中肉中背で、容姿のほうも鼻が少し大きいぐらいで醜男《ぶおとこ》というのではなかったが、なぜか女性からは相手にされなかった。ただ気が弱く、常に人の目を気にしているところがあり、そうした覇気のなさ、影の薄さが敬遠されたのかもしれない。そして、そんなおどおどした態度は気持のはけ口としては最適だった。どこへ行っても雄三には苛《いじ》めがついてまわった。

この運送会社でも、周りの者は雄三を子分のように扱った。

自販機の飲み物などはよく買いに行かされたが、急いで走っていっても必ず「遅いぞ莫迦《ばか》野郎」と怒鳴られて、頭をはたかれた。小突きまわされたり、何かにつけて笑い者にされたりすることもよくあった。そんなとき雄三は耐えるだけで、文句ひとついわなかった。雄三は人間が怖かった。味方は一人もいなかった。

雄三の手が棚の餡パンに伸びた。

ひとつ手に取り、レジに向かってゆっくり歩いた。

由里子の顔が目の前に迫った。ただそれだけで雄三の胸は喘《あえ》ぎ始め、体はこちこちに硬くなった。雄三にとって女性はすべて手の届かぬ高嶺の花であり、女神のような存在だった。

カウンターの上にそっと置いた。

「あの、これ」

蚊の鳴くような声でいって、百二十円きっちりをカウンターに並べた。由里子はそれを素早く処理して、餡パンを小袋に入れる。そっと雄三に渡して、

「毎度、ありがとうございます」

声を張りあげる。

そして雄三に笑いかける。

花が咲いたような笑顔だった。

雄三は由里子のこの笑顔が大好きだった。

大げさではなく、この笑顔を見るたびに生きていてよかったと、つくづく思う。というのも――。

他の客に向けるものより、雄三に向ける笑顔のほうがどう客観的に見ても心がこもっているように感じられた。嬉しかったが当然、大きな疑問も残った。女性に好かれるはずのない自分になぜ――やっぱり、覇気がなく影の薄い自分に対しての憐れみなのか。

だが由里子の笑顔はどこからどう見ても、そんな思惑を秘めているとは思えない。そうなると、あと残っているのは由里子は自分のことを——しかしこれも今までのあれこれを考えれば無理ということに。

そんないつもの疑問を胸に抱えながら、雄三は外を窺《うかが》い見る。このコンビニの前にはよく半グレ連中がたむろしていて、そいつらに見つかれば雄三は何かと因縁をつけられることになる。暇つぶしの道具にされてはたまらないが、今日は半グレ連中の姿はないようだ。

外に出て腕時計を見ると六時少し前。

雄三はむしょうに『珈琲屋』へ行きたくなった。由里子から買った餡パンを、行介の店で食べたかった。

ちりんと鈴を鳴らして扉を開けると、客は奥のほうに数人いるだけで、カウンター席には誰もいなかった。

「いらっしゃい、雄三さん」

すぐに行介のぶっきらぼうな声が飛ぶが、顔には満面の笑みが。この笑顔は本物だ。決して憐れみなどではない。雄三はぺこっと頭を下げてカウンターの前に体を入れる。

「いつものブレンドで、いいですか」

行介の太いが柔らかな声に、

「はい、お願いします」

と雄三は答えて、手にした餡パンの入った小袋をカウンターの上にそっと置く。

「それは、もしかして」

サイフォンをセットしながら目を細めていう行介に、

「あっ、あの由里子さんの餡パンというか、何というか」

雄三は恥ずかしそうに答える。

きちんと考えれば由里子の餡パンではなく、由里子が手渡してくれた餡パンなのだが、雄三にとってこのふたつは同義語だった。

「ここのカウンターで行介さんのコーヒーを飲みながら、この餡パンを食べたくて、それで……すみません」

うつむきながら雄三はいう。

「何も謝ることはないですよ。俺にしたら嬉しい限りですから、大威張りで食べたらいいんです。すごくうまいですよ、きっと」

行介は目を細めたまま、何度も大きくうなずく。

雄三がこの店に顔を出すようになって、ほぼ三カ月。動機は、人を殺した男——行介の顔がむしょうに見たかったからだ。

初めて珈琲屋を訪ね、おずおずとカウンターの前に座る雄三に、

「何にしましょう」

という行介のぶっきらぼうな声が飛んだ。

声はぶっきらぼうだったが、顔には柔らかな笑みが浮んでいた。優しい目をしていた。が、目の奥に悲しげな光があった。雄三にはそう見えた。そして——。

この人は自分と同類だ。そんな思いが体中を突き抜けた。そのとき、行介の右手が目に入った。ケロイド状の火傷《やけど》の痕だった。目の端がアルコールランプをとらえた。すべてを理解した。この人はまだ苦しんで、のたうち回っている。そう思った瞬間、涙があふれてカウンターにこぼれた。肩を震わせて雄三は泣いた。

そのとき分厚い手が肩にそっと触れ、カウンターに湯気のあがるコーヒーが静かに置かれた。

「サービスですから、気にしないで」

その声を聞いたとたん、雄三はこれまでの自分の生き様を行介に話してみたい衝動にかられた。理不尽すぎる、自分の人生を。

雄三は八王子《はちおうじ》の古いアパートで生まれた。

父親の圭三《けいぞう》は長距離トラックの運転手で、母親の君子《きみこ》はスーパーでレジ打ちのパートをやっていた。

圭三は乱暴な男で、ちょっと気にくわないことがあると君子と雄三に手をあげた。

「てめえらが、殴りやすいところにいるから殴るんだ」

こんな訳のわからないことをいって、君子と雄三を殴った。酒を飲んだときは特に酷く、雄三は鼻血で顔が赤く染まるほど殴られた。

家で父親に殴られつづけた雄三は、小学校に入るとすぐに苛めの標的にされた。顔に父親に殴られた痣《あざ》を浮べていったときは「汚物」といって鼻をつままれた。圭三は家に給料を入れないことが多く、そのために給食費が払えなくなると「ただ食い」とはやし立てられた。

そんな状態がしばらくつづいたあと、雄三は毎日のように周りから苛められるようになった。はやし言葉はテレビアニメのセリフをもじって「雄三のくせに」……こんなことをいって周りは雄三を苛めた。

雄三の脳裏には父親が以前口にした「殴りやすいところにいるから殴るんだ」という言葉が常に踊っていた。つまり、苛めやすいところにいるから苛める……そういうことだと思った。どこにいようと、自分がこの世にいる限り苛められる、すべては自分が悪い。こんなふうに考えるようになり、雄三には居場所がなくなった。

中学に入ると不良グループから目をつけられ、それこそ毎日のように小突かれ殴られた。理由は特になかった。そこに自分がいるから——そう考えるしか仕方がなかった。

学校の大便器に顔を突っこまれ、上からバケツの水をぶっかけられたこともあったが、雄三は文句をいわなかった。いえば更に酷い仕打ちが待っているのはわかっていたし、それ以上に雄三は人間が怖かった。怖くて怖くて仕方がなかった。

中学三年の夏、酒を飲んで暴れた父親が台所にあった刺身包丁を手にして母親に迫ったことがあった。

それを見た母親の顔がすっと青ざめた。唇が紫色に変るのがわかった。母親は鳥のような疳高《かんだか》い声をあげて、裸足で玄関から表に飛び出していった。

圭三の視線が雄三に向かった。

雄三は腰が抜けたのか動けなかった。

圭三は雄三のそばにより、包丁の刃を頰に押しあてた。せせら笑いを浮べながら、ゆっくりと引いた。

肌が薄く裂かれるのがわかった。血が流れるのを感じた。浅い傷だったが、雄三はその場で失禁した。

「汚物か、てめえはよ」

小学生のときの苛めを思い出させるような言葉を父親は口にした。畳に包丁をぐさっと突き刺し、何事もなかったように酒を飲み出した。

母親はそれっきり帰ってこなかった。連絡もなかった。こんな家にはもういられない。

雄三は中学を卒業して都内の運送会社に就職した。

「長距離トラックの運転手は一人旅だ。誰にも文句をいわれねえ、気軽な稼業だ」

父親が以前いっていたこんな言葉を思い出してそうしたのだが、皮肉といえば皮肉な結果だった。

そんなつもりで運送会社に入ったものの、雄三を見る目はどこも同じだった。学生時代の延長だった。誰もが上から目線で雄三を見て、そしてやはり苛めにかかった。周りのほとんどの人間が雄三を子分扱いにした。

雄三は運送会社を転々として、それでも大型二種の運転免許を取得した。確かに父親がいった通り、トラックに乗っているときは気軽だったが、それだけでは仕事にならない。どんな仕事につこうと人とのつきあいは生じてくる。それが辛かった。そこからまた、苛めが始まるのだ。

今から一年半ほど前に事件がおきた。

九州までの長距離便に、途中での交代要員として雄三が助手席に乗ることになった。ハンドルを握ったのは雄三より十歳ほど年下の木島《きじま》という若い男だった。

深夜の二時頃。

トラックは九州の熊本《くまもと》市街の国道を走っていた。目的地は鹿児島《かごしま》だった。

雄三はトラックが、ふらついているのに気がついた。居眠り運転だ。

「木島さん、運転を代ったほうが」

木島の背中を叩いて、怒鳴るようにいった。

「何だよ、うるせえよ。てめえなんかに指図される謂《いわ》れはねえよ。俺はまだ大丈夫だからよ」

と大口を叩いた五分ほど後、車体が大きく揺れた。トラックが道路から外れた。完全に居眠り運転だ。雄三はとっさに助手席から手を伸ばしてハンドルをつかみ、元に戻そうとした。

「何すんだよ、莫迦野郎が」

目が醒《さ》めたらしく、木島が雄三の手を払いのけた。その直後だった。トラックはコンクリート製の電柱に激突して、積荷が路上に散乱した。幸い二人に怪我はなかったが、事故の原因として木島がこんなことをいった。

「岸田のクソ野郎が寝ぼけやがって。何を勘違いしたのか運転しているハンドルに手を伸ばして揺さぶりやがった。そのために車はコントロールできなくなって、電柱にぶつかった」

開いた口が塞がらなかったが、木島はこれを押し通した。雄三が何をいおうが誰も耳を傾けようとはしなかった。木島はその会社の社長の親戚筋の男だった。事故の原因のすべては雄三に押しつけられた。

このとき雄三の心のなかで何かが外れた。

何も自慢するものはなかったが、これまで二十年ほどの運転業務のなかで雄三は一度も事故をおこしたことがなかった。そのわずかなプライドが音をたてて崩れた。わずかな崩れは、すべての崩れだった。

雄三は会社を辞め、アパートに引きこもった。何もする気がなくなった。気力も体力もなくなり、毎日をぼんやりと過ごした。アパート代が滞るようになり、民生委員がやってきて生活保護をすすめられた。その申請のために病院に行き、雄三は双極性障害、つまり躁鬱《そううつ》病と診断された。

半年ほど前のことだった。

「どうですか、うちのコーヒーと由里子さんの餡パンの相性は」

行介が、心配げな声をあげた。

「どっちも、おいしいです。コーヒーの苦味と餡の甘さが絶妙な加減で、口のなかはもう天国ですよ」

上機嫌で雄三が答えると、

「それならよかったです」

行介は納得したようにうなずき、

「ところで病気のほうは、どんな様子なんですか。大丈夫なんですか」

といって眉を曇らせる。

「今は躁状態なので普通に暮せますが、これが鬱状態に転ずると……」

食べるのをやめて低い声でいうと、

「駄目ですか、やっぱり」

行介もくぐもった声を出す。

「アパートに引きこもりです。何もする気が失くなって極端なことをいえば――」

雄三はふっと口を閉じてから、

「死ぬことばかり、考えるようになることもあります」

一気にいった。

「それは、駄目です。何があっても、死ぬことだけは駄目です。我慢してください。そのことだけは、何が何でも」

行介が、叫ぶような声をあげた。

「ああっ」といって、雄三は押し黙り、重い沈黙が流れた。

「行介さんは……」

絞り出すような声を雄三は出した。

「いい人なんですね。行介さん、島木さん、冬子さん――大げさなようですが、自分はこの店にきて初めて人の温かさに触れたような気がします。初めて自分を同等に扱ってくれる人たちにめぐり会ったような。そんな気がします、そんな気が」

語尾が掠《かす》れて雄三は、ずっと洟《はな》をすすった。やけに大きな音に聞こえた。それを隠すように、

「初めて居場所ができたんです。ようやく自分の居場所ができたんです。人並に扱ってもらえたんです。ありがとうございます、本当にありがとうございます」

背筋をぴんと伸ばして、雄三は行介に向かって深々と頭を下げた。

「そんな、雄三さん、やめてくださいよ。こっちが恥ずかしくなってしまいます。それに俺は、人殺しの前科者です。人様に頭を下げてもらえるような人間じゃないですから」

行介は顔の前で何度も手を振る。

「人殺しだろうが前科者だろうが、いい人はいい人です。刑務所に入ってない人間でも悪いやつはいっぱいいます。今まで虐《しいた》げられて生きてきた自分がいうんだから、本当です。法的な罪で人間をランクづけするのは間違いです」

きっぱりといいきった。行介のためにも、いいきらなければならないと思った。

「雄三さん」

腹から絞り出すような声を、行介が出した。

「それだけは違います。人殺しはどこからどう眺めても許されることではありません。

人を殺すということは、人間ではなくなることです。獣になるということです」

真直ぐ雄三を見た。

「それはそうですが――」

と、なおもつづける雄三に、

「さっきの話に戻りますが、鬱状態になって部屋から一歩も出られなくなったらどうするんですか。食べることにも事欠くことになるんじゃないですか。何でしたら俺と島木と冬子とで、順番にアパートに様子を窺いに行ってもいいんですが」

柔らかな口調で行介がいった。

「それは駄目です。そんなことで、お三人を使ったら罰が当たります。甘えすぎです。物には限度というものがありますから、それは駄目です。そのために民生委員の方がいらっしゃいますし、専門のボランティアの方もいらっしゃいます。ケータイもちゃんと持たされていますし、本当に大丈夫です」

雄三は強く否定したが、本音をいえば鬱状態の不様な自分の姿を見られたくなかった。愛想をつかされたくなかった。四十年かけて、ようやくめぐり逢えた友と居場所を失いたくなかった。

「それに――」

雄三はちょっと躊躇《ちゅうちょ》してから、

「島木さんはともかく、冬子さんは苦手です。どう対応したらいいのか、そのあたりが」

ぼそぼそといった。

「雄三さんは冬子が苦手ですか。それはまたなぜ」

「前にもいったように、自分はこの四十年間、女の人とは無縁の生活を送ってきました。そんな自分の前に、いきなりあんな綺麗《きれい》な人が現れたら、途方に暮れるだけで困ってしまいます。それに冬子さんは気が強いというか何というか、いいたいことをずばずばいうというか——もちろん、いい人はいい人なんですけど、自分には荷が重すぎます」

正直なところを口にすると、

「冬子は綺麗だけど、気が強すぎますか。だから苦手ですか。なるほど、実は俺も冬子が苦手です。理由は雄三さんと同じです」

嘘《うそ》か本当かわからないことを、行介が珍しくおどけた調子でいった。

「ついでに雄三さんにお訊ねすると、冬子と由里子さんとでは、どっちが綺麗だと思いますか」

とんでもないことを訊いてきた。

「それは、綺麗さでは冬子さんのほうが際立っていますが——」

雄三は言葉を濁してから、

「可愛らしさでは、由里子さんのほうが断然上です。自分はそう思います」

雄三の言葉が終らぬうちに、行介が分厚い両手を叩いて拍手をした。

「可愛らしさは人それぞれ。その人の正直な気持です。由里子さんが可愛いという雄三さんの気持はまさしく、恋。以前雄三さんは恋の何たるかがわからないといっていましたが、正真正銘、雄三さんは由里子さんに恋をしていますよ」

行介は嬉しそうに、断定したいい方をした。

「恋ですか、自分が由里子さんに……」

甲高い声を雄三があげたとき、

「由里子さんというのは、この通りの先のコンビニに勤めている、飯野《いいの》由里子さんのことなのかな」

やや芝居がかった、厳かな声が後ろから聞こえた。

振り返ってみると、いつきたのか、笑みを顔中に浮べた島木が立っていた。

「しまった!」

思わず子供のような声を雄三はあげた。

由里子の件は行介には明かしたものの、島木と冬子には話していなかった。

「雄三さん。そういうことは、商店街一のプレイボーイを自認する私にまず話してもらわないと」

島木は嬉しそうにいって雄三の隣に座りこんでくるが、商店街一のプレイボーイだからこそ話したくなかったというのが雄三の本音だった。

「しかしまあ、これで私は由里子さんに手を出せなくなってしまった。まことに残念ながら相手が雄三さんなら、ここはすっぱり涙を飲んで諦めようと——」

また芝居がかったいい方をする島木に、

「島木、お前。その、由里子さんも狙っていたのか」

呆《あき》れたような声を行介は出した。

「狙ってはいなかったが、気には留めていた。何といってもあの人は可愛らしい。だからいずれはと——いかにも残念な結果になったけどな」

島木の言葉に幾分ほっとしながら、

「あの人、飯野由里子さんっていうんですか、いったいどんな字を書くんですか」

雄三の言葉に島木はカウンターに指で文字を書く。雄三が思った通りの字だった。

「そういうことなら、お前のことだ。由里子さんのあれこれの情報をかき集めているんじゃないのか。それを雄三さんに教えてやるといい」

「ところが」

行介の言葉に島木が、カウンターに身を乗り出す。

「年が私たちと同じほどの三十九歳ということと、いまだに独り身だということ以外、ほとんど何もわかっていない。不思議な話だが、これは事実だ」

「平たくいうと、それはどういうことなんでしょうか」

今度は雄三が身を乗り出した。

「確か、あそこのコンビニの店長は、以前民生委員もやっていた人だから、そこですべての情報がストップされているとも考えられるな」

首を振りながら島木はいい、

「つまり、飯野由里子さんはワケアリの女性。結論としてはそうとしか考えられない。だから情報が出てこない」

意味深なことを口にした。

雄三の胸が、ざわっと騒いだ。

由里子はワケアリの女性。

胸の奥が重苦しいものにつつまれた。

由里子の働くコンビニに向かいながら、雄三はあれこれと考えを巡らす。

そろそろ鬱状態が訪れてもいいころだった。いったんそうなれば何もする気はなくなり、アパートに引きこもることになる。食欲もなくなり、ほとんど一日中、カーテンを引いた薄暗い部屋の隅で体を縮こませて暮すことになるのだが……今回は躁状態が長くつづいて、鬱状態の訪れが遅かった。

ひょっとしたら由里子のせい。

由里子へのときめきが躁状態を長引かせているようにも感じられたし、それに行介や島木、冬子たちと知り合って、自分の居場所というか心の安らぎというか、そんなものを得たからかもしれない。

いずれにしても、鬱状態は近づいているはずだ。その前に、贅沢かもしれなかったが、なるべく由里子の働くコンビニに通って餡パンを買うつもりだった。神様もそれぐらいの贅沢はきっと許してくれるはずだ。

それに――。

昨日のことだった。

三日ぶりに由里子の働くコンビニに行き、いつものように餡パンを手にしてレジに行ったのだが、そのとき、

「あの……」

と由里子が低い声を出した。

「えっ……」

思わず雄三が声をあげると、

「あっ、何でもありません。次のお客さん、どうぞ」

と慌てたようにいった。

後ろを振り向くと、いつのまにか若い男と中年の女性の二人が雄三の次に並んでいた。雄三も慌てて餡パンを手にしてレジの横に退《の》き、そのままコンビニを出たのだが、あれはいったい何だったのか。あのとき由里子は確かに雄三に向かって何かを告げようとしたのだ。それが、レジに客が並んだために中断された。そういうことなのだろうが、いったい由里子は何を告げようとしたのか。

あのとき由里子の顔に笑みはなかった。もっといえば暗い表情だったような気がする。そうなると楽しい話ではないような気もするが――いずれにしても由里子が何を口にしたかったのか、雄三はそれが知りたかった。だから今日訪れたとき、思いきって自分のほうから由里子に声をかけて。

雄三はそう決断した。

コンビニが見えてきた。

幸い今日も表に半グレ連中はいない。ほっとすると同時に、胸が早鐘を打つように騒ぎ出した。女性に自分から声をかけるのは、これで二度目。一度目は大きな勘違いで失敗したが、今度はどうなるのか。どうなっても、とにかくやらなければ。そんな悲痛な思いで扉を開けてなかに入ると、嫌な光景が目に飛びこんできた。

半グレの若い男二人が、カウンターにおおいかぶさるようにして由里子に何かいっていた。他に客はいないようだ。

「だから、俺たちとちょっと遊んでみねえかといってんだよ」

こんな言葉が聞こえてきた。

「その年で、まだ独身っていうじゃねえか。だから俺たちとよ。けっこう可愛い顔してるし。そう、捨てたもんじゃねえと思ってよ」

どこで由里子の年を聞いてきたのか、もう一人の男が猫なで声でいった。

要するに二人の男は由里子をくどいているのだ。雄三の体がかあっと熱くなった。体が震え出した。こんなことは許されることではなかった。由里子の顔を見ると真青だ。両肩を竦《すく》めて体を硬く縮めている。

「こんなところにいても大した金にならねえだろう。熟女キャバクラに行きゃあ、いくらでも稼げるぞ」

そういう魂胆もあったのだ。二人は由里子を食い物にしようとしているのだ。

このとき雄三の頭に浮んだのは、行介の顔だった。行介ならこんな二人ぐらい……雄三はポケットのケータイに手を伸ばしかけて止めた。これは自分の問題なのだ。自分で解決しなくては。行介に頼っては駄目だ。

一歩前に出た。

「あんたたち」

掠れ声だったが何とか出た。

男たちが振り向いた。

「何だ。いつもよろよろしている、死にぞこないのおっさんじゃねえか。何か文句でもあるのか」

雄三の存在にようやく気がついたようで、声には邪魔をされたという怒気が混じっていた。

「自分は……」

いったなり後の言葉が出なかった。

「俺たちはこのオバサンに、いい話をしてるんだ。てめえが出しゃばる筋じゃねえだろうが」

ドスの利いた声が響いて、凄まじい目で睨《にら》みつけた。

雄三の体が、すうっと凍えた。

怖かった。一瞬で口がからからになった。体が固まって一歩も動けなかった。両足が立っていられないほど震えていた。

そのとき大声が響いた。

「何だ、あんたたちは」

バックヤードに通じる扉が開いて男が姿を見せた。民生委員をやっていたという、この店のオーナーだ。

「一人だと思ったら、いたんだ、こいつ」

男の一人が吐きすてるようにいい、

「じゃあ、またな、綺麗なオバサン」

もう一人がこういって、二人はあっさりレジの前を離れて外に出ていった。

「飯野さん、大丈夫か。いったい、あいつらに何をいわれたんだ」

カウンターに入ったオーナーが声をあげ、由里子が大まかないきさつをたどたどしく伝える。よほど怖かったのか由里子の顔はまだ青ざめている。

「それじゃあ飯野さん、今日はこれでもう、上がりましょうか。次の人がくるまで、私一人でやっておくから」

オーナーはそっと由里子の肩を叩いてから、初めて雄三に視線を向けて「お客さん」と声をかけてきた。柔らかな声だった。

その声で金縛りが解けたように、雄三の体はすうっと楽になった。

「大丈夫ですか、お怪我はないですか」

怪我はなかった。ほとんど動けずに突っ立っていただけなのだから、怪我などあるはずがなかったが、逆にそれが胸に突き刺さった。恥ずかしかった。情けなかった。人間として最低だった。

「はい」と小さく答えて、雄三はそそくさと表に出た。やみくもにコンビニの周囲を歩き回った。そのとき、ふいにオーナーがいった言葉を思い出した。

——今日はこれでもう、上がりましょうか。

オーナーは確かにこういったのだ。

半グレたちにこの言葉が届いているとは思えなかったが気になった。ひょっとしたら由里子を待伏せするのでは。そう考えたとたん、胸がどんよりと重くなった。息苦しかった。気持だけが急いた。

雄三はすぐにコンビニの裏手に回った。由里子が出てくるのなら、この裏手のドアからだった。雄三がコンビニを出てから、それほどの時間はたっていない。雄三は由里子がまだ帰っていないことを祈って、裏手から少し離れたところでドアの開くのを待った。

十五分ほど過ぎたとき、ドアがゆっくり開くのが目に入った。雄三の胸が音をたてた。大きく深呼吸をした。

ドアから出てきたのは、やはり由里子だった。まだ顔色は悪かった。周囲をそっと見回してからゆっくりと歩き出した。雄三は由里子の進行方向の先にいた。

「あらっ」と先に由里子が声をあげた。

「すみません、さっきは。何の力にもなれずにただ突っ立っていただけで。情けないですけど、自分はあの二人が怖くて怖くて。二人というより人間そのものが怖くて。本当に情けない男です」

つかえつかえだったが、一気にいった。一気にいわないと、言葉が出てこないような気がした。

「いいんですよ」

由里子が雄三の顔を真直ぐ見ていた。

「無理をして岸田さんに何かあったら、大変ですから。それこそ、どうしたらいいのか、困ってしまいます」

雄三の胸がざわっと騒いだ。

確か今、由里子は岸田さんといった。由里子は雄三の名前を知っていたのだ。訳がわからなかった。

「あの、由里子さんは自分のことを？」

上ずった声を出した。

「岸田雄三さん――知ってますよ。岸田さんが店にくるようになったころから」

何でもない口調でいって、由里子は笑みを浮べた。花が咲いたような、あの笑顔だ。

このとき雄三は半グレたちの待伏せから由里子を守るためにここにきたのではなく、この笑顔が見たいがためにきたことに気がついた。耳たぶが火照るのがわかった。それにしても由里子はなぜ自分の名前を。

「岸田さん。時間があったら、ちょっと私につきあってくれませんか」

唖然《あぜん》としている雄三に、更に追い討ちをかけるようなことを由里子はいった。

「えっ、それはまた、どういう……」

「実はここの近くに珈琲屋さんという名前の喫茶店があるんですが、私は一度そこに行きたいと思っていて。それで岸田さんも一緒にどうかと思って」

意外なことを口にした。

「珈琲屋さんなら、私はよく行ってますよ。宗田行介さんという、体の大きな人がやっている店で、ざっくばらんないい所です」

「じゃあ、一緒に行ってください。お願いします」

由里子は雄三に向かって頭を下げた。

鈴を鳴らして店のなかに入ると、今日もまた島木がカウンター席にいた。

「いらっしゃい」

という行介の、ぶっきらぼうな声にかぶせるように、

「これはまた、何といったらいいのか」

雄三のあとにつづく由里子の姿を見て、島木が驚きの声をあげた。

「すみません。こういう状況で今日はここに、こさせてもらいました」

蚊の鳴くような声でいう雄三に、

「めでたい。いや、実にめでたい。あれからまだ何日もたっていないのに、こういうことになろうとは。さすがの私も、脱帽するしかありません。さあ、二人仲よくここに座って」

立ちあがった島木が大仰な言葉で誘う。カウンターのなかで行介も笑みを浮べている。

「あっ、いや違うんです。実は自分も、この状況があまり飲みこめなくて」

という雄三に、

「お二人とも、ブレンドでいいですか」

と行介が声をかける。うなずく雄三と由里子を確認し、行介は手際よくコーヒーサイフォンをセットする。そんな様子を見ながら、

「行介さんたちはいい人です。ざっくばらんにこれまでのことを話してもいいですか。そのあとに由里子さんのお話を聞かせてください。様々な不思議な出来事の答えを」

雄三は隣の由里子にいい、由里子はこくりとうなずく。

「それでは」

と雄三はいい、まず今日の出来事を何の脚色も加えず、行介と島木に話した。

「ナンパと、キャバ嬢への勧誘ですか。まったく近頃の若いやつらは」

そう島木が毒づいたとき、

「熱いですから」

という言葉とともに、カウンターに雄三と由里子のコーヒーがそっと置かれた。

すぐに手を伸ばしたのは由里子だ。次いで雄三もコーヒーカップを手にする。

「おいしいです、とっても」

ひと口飲みこんだ由里子が、素直な声をあげた。そして、ぱっと笑った。雄三の好きな、あの花のような笑顔だ。

「おい、行さん」

島木が切なそうな声をあげた。

「笑顔だけ較《くら》べたら、冬ちゃんよりも由里子さんのほうが断然上のような気がするぞ。冬子の負けだよ」

「冬子の負けか。そうかもしれんな。由里子さんの笑顔には、真実味があふれているような気がするもんな」

笑いながら行介がいった。

「大体冬ちゃんは、めったに笑わないからな。笑ったとしても精々が愛想笑い。真実味からはかけ離れている」

溜息まじりにいう島木の言葉に、

「あの、冬子さんというのは」

由里子が怪訝な面持ちで声をあげた。

「このあたりで一番の美人といわれている、辻井という蕎麦屋の——その冬子さんよりも……」

我が意を得たりといったかんじで嬉しそうにいう雄三に、

「あっ、あの冬子さんですか」

どうやら由里子も冬子を知っているようだ。

「あの人は正真正銘の美人です。私なんかまったく歯が立ちません。無理です」

由里子は慌てて首を左右に振る。本当にそう思っている様子だ。

「確かに美人度では冬ちゃんに敵う者はそうはいないだろうけど、可愛らしさという点から見ると、私は由里子さんに軍配をあげる。大体冬子には可愛げが欠けている。よほど目を凝らして見ない限り、そんなものは見つけられない、致命傷だ」

独り言のように島木はいい、

「今更ながらではあるけど、私は二人の半グレの気持がわかるような気がする。もし由里子さんがキャバ嬢になったら、私は毎日でも通う」

今度ははっきりした調子でいった。

「おいおい、島木。それぐらいにしといたほうがいいぞ。雄三さんが困っている。それ以上いうと殴られるかもしれんぞ」

珍しく行介が軽口を飛ばした。

「そうだった。いいすぎた。真に申しわけない。全面撤回する。由里子さんはキャバ嬢には向いていない」

ぺこりと頭を下げた。

「ところで、由里子さんはなぜ雄三さんの名前を知っていたんだろう」

行介が核心をつく問いを口にした。

とたんに雄三の背筋がすっと伸びた。

「杉本《すぎもと》さんから教えてもらいました」

杉本とは以前民生委員をやっていた、コンビニ店のオーナーだった。

「なるほど、杉本さんには民生委員同士の横のつながりがあって、それで雄三さんのあれこれも知っていたということか」

うなずきながらいう島木に、

「杉本さんは福祉関係のボランティアをやっていて、苦しんでいる人たちのために『あすなろ会』というサークルをつくって活動をつづけているんです」

由里子がさらりといった。

「苦しんでいる人というのは具体的にいうと、どんな人たちなんだろうか」

行介がカウンターの向こうから大きな体を乗り出すようにしていった。

「簡単にいうと、苛めやDVにあっている人や、鬱症状を抱えている人――そういう人たちの社会復帰を手助けする会です。時には専門の先生のカウンセリングもありますが、大体はそういう症状を持った人が集まって、自由に話をしたりスポーツをしたり、カラオケで歌をうたったり。たまには焼物や簡単な家具などの物づくりをしたり――そんな肩のこらない、お遊びのようなことをする会なんですけど、これが不思議に心を病んだ人にいい影響を与えるんです。だから私は岸田さんを、この会に誘おうと思って、立ち直ってもらいたくて」

由里子は一気にいった。一気さは熱意の表れだったが、雄三はほんの少しだったが淋しかった。

由里子が雄三に伝えたかったのは、この会への誘いであり、愛とは縁のないものだった。あの花の咲いたような笑いも、憐みではなかったものの恋の類いには無関係のものだった。それがほんの少し淋しかったが、実をいうと、それ以上に雄三は嬉しかった。

雄三に対する由里子の気持に愛とか恋とかは見出されなかったが、少なくとも好意は感じられた。こんないい年をした落ちこぼれの自分には、それだけでも勿体《もったい》ないような気がした。有難かった。頭が下がった。この人は本当にいい人間なのだと思った。

このとき雄三の胸に、この人にはすべてを話したほうがいい、嘘偽りのない自分の気持を正直に見せたほうがいい――そんな気持が湧きおこった。それが筋のような気がした。それに今話さなければ、近いうちにあの鬱症状がくる。そうなれば引きこもりになり、愛とか恋とかなどとはいっていられなくなる。今がいい機会だった。

雄三はまず不幸だった自分の生いたちを話し、苛めの連続だったこれまでの人生を、ざっとではあったが正直に語った。そして、

「恥ずかしいというか、おこがましいというか……。行介さんと島木さんはすでに知っていますが、実は自分、由里子さんが大好きでした」

由里子の顔を真直ぐ見て、雄三はいった。

ひょっとしたらいえないのではという危惧もあったが、いえた。雄三は由里子の顔を見にコンビニに行き、餡パンをひとつ買って、珈琲屋で食べるのが唯一の幸福だったということを素直に由里子に話した。

由里子も真直ぐ雄三の顔を見て話を聞いた。身動《みじろ》ぎもしなかった。

「すみません。自分のような中年の落ちこぼれが由里子さんのような素敵な女性を好きになってしまって。でも逆にいえば、自分のような人間が由里子さんのような人に、こんなことをいえる幸福感。そんな機会を与えてくれた由里子さんに私は感謝しています。こんな落ちこぼれの私に」

雄三は最後にこういった。

何の涙かわからなかったが、目頭がふいに熱くなった。

そのとき由里子の声が響いた。

「違います、私も岸田さんが好きです。でも……」

それはこんなふうに聞こえた。

雄三にとって有り得ない言葉だった。

しかし、最後の「でも」とは。

「私は――」

それだけいって由里子は押し黙った。

張りつめた沈黙が流れた。

「ひょっとして、由里子さんも雄三さんと同じような境遇なのでは」

行介がぽつりといった。

沈黙が破れた。

「はい。私も鬱病にかかり、どうしていいかわからなかったときに、民生委員の杉本さんに救われて何とか今まで生きてきました。いわば私と岸田さんは同類の人間、だからこそ一緒に、あすなろ会に行きたかったんです」

叫ぶように由里子はいった。

「由里子さんが、鬱病……」

独り言のように雄三はいう。

「岸田さんのことは杉本さんから聞いて知っていましたから、店に岸田さんが顔を見せる度に、私の心はなぜか和みました。ああ、ここに私と同じような人がいる。同じように苦しんでいる人がいる。それだけで心が安まる思いでした。そしてそれがいつしか、好意に変っていったんです。けれど……」

言葉がぽつりと切れた。そして、

「わからないんです。岸田さんが恋というものがわからないといったように、私も岸田さんに対する好意が愛なのか恋なのか。それとも同類同士の連帯感なのか、家族に対する好意のようなものか。それが今の私にはわからないんです」

何かをぶちまけるように、由里子はいった。

「それで充分です。同類同士の連帯感だろうが、家族に対する好意だろうが自分には過ぎたるものです。それで充分です。今まで生きてきて、こんなに嬉しいことはありません。何はともあれ、由里子さんと心が通い合った。本当にありがとうございました」

雄三の本音だった。

どんな理由であれ、由里子は雄三のことを好きだといった。今まで女性にはまったく縁のない自分に。そして雄三も由里子が大好きだった。それは恋であり愛であり、雄三にとっては最高の気持だった。由里子はその最高の気持を拒まなかったのだ。

「由里子さんの鬱病の原因というのも、ひょっとして雄三さんと同じような……」

島木がいい辛そうに口にした。

「同じといえば、同じようなものかもしれません。少なくとも元の部分は同じです」

嗄《しゃが》れた声で由里子はいい、ぽつりぽつりと自分の生いたちを話し出した。

由里子は町田《まちだ》市の郊外で生まれた。

父親は公務員で母親は保険の外交をやっていた。住んでいたのは市営住宅で、兄が一人いた。

生活に困ることはなかったが、由里子のこれまでは苛めの連続だった。いちばんの原因は由里子の可愛らしさだった。可愛くて気が強ければグループの上に立つことができたが、由里子は気が弱く、自己主張をしない、おとなしい娘だった。これが災いした。可愛らしさは同性の妬《ねた》みを買い、苛めの対象となった。いくら苛められても由里子は抗《あらが》わず、何もいわずにじっと耐えた。これが苛めを更に助長させた。雄三が感じた「苛めやすいところにいるから苛める」という言葉に由里子もぴたりと当てはまった。苛めにあっても決して逆らわない。そんな人間を見れば、多くの者が苛めにかかる。嫌ない方をすれば、苛めなければいけないような気持になるらしい。

その対象が由里子だった。

由里子は年頃になっても恋人をつくるのを極力避けた。同性からの苛めは陰湿だったが、極端な暴力はなかった。だが相手が男の場合は——由里子は暴力が怖かった。

深くつきあえば一緒にいる時間も長くなる。苛めやすい人間が前にいれば、男だって苛めにかかるはずだった。由里子にいいよる男は沢山いたが、すべて無視した。由里子は一生独身を通すつもりだった。雄三と同様、由里子も人間が怖かった。

そんな由里子が恋に落ちた。

短大を卒業後、由里子はアパレルメーカーの事務員として就職したが、相手の男は取引先の営業マンだった。由里子の一目惚れだった。どうしようもなかった。長身で甘いマスクの持主だった。

二人はすぐに同棲生活を始めた。

一緒に暮し始めて三カ月ほどがたったころ、それが始まった。何の理由もなく、男は由里子を蹴ったり殴ったりした。強いていえばウサ晴らしだった。優しい男のはずだったが、それが豹変《ひょうへん》した。無抵抗で謝りつづける由里子を、男は笑いながら容赦なく殴った。人間ではなくモノ扱いだった。

ある夜のこと。

会社から帰った男は、酷く機嫌が悪かった。どうやら何か失敗をしたらしく、上司に相当叱られたようだった。また殴られると思った瞬間、男の平手打ちが頬に飛んで由里子は床の上に転がった。その由里子を、男は繰り返し殴りつけた。顔が腫れるのがわかった。

「やめてください。会社に行けなくなります」

懇願した。今まで何度も会社を休んだことがあった。

「偉くなったな。俺に逆らうとはな」

逆らうつもりなどなかった。只の願いのつもりだったが、男にそれは通じなかった。

「顔をめちゃめちゃにしてやろうか。お前のような面白味のない女とは、そろそろ別れるつもりだったから、どうなろうと俺には関係ねえからな」

男はせせら笑いながら、テーブルの上にあった重いガラス製の灰皿を手に取った。

あんな物で顔を殴られたら。

由里子の全身を恐怖が突き抜けた。

ここまで話して、由里子はふいに口をつぐんだ。

話を聞いていた雄三の胸が喘ぎを見せていた。握りこんだ拳のなかは汗でぬめっていた。由里子が珈琲屋にきたがった訳がわかったような気がした。

「私は台所に逃げました」

と由里子はいった。

「そして、そこにあった包丁を手にして、あの人にぶつかりました」

気がつくと男は胸から血を流して倒れていた。慌てて救急車を呼び、由里子自身で警察に連絡した。

由里子はその場で逮捕された。男は一命を取りとめ、由里子の罪状は殺人未遂。情状が酌量され懲役三年だった。由里子が二十九歳のときだった。

「これが、私の過去です」

嗄れた声で由里子はいい、

「刑務所から出てきた私を家族は温かく迎えてはくれませんでした。私は職を転々として、そのときすでに鬱症状が始まっていました。結局民生委員だった杉本さんの店で働くことになり、そこから、あすなろ会に通ってようやく今の状態になったんです」

淡々とした口調でいった。

すぐに行介が口を開いた。

「殺さずに生きていてよかった。俺は人を殺して人間にはもう戻れないけど——」

行介の目が由里子の顔を凝視した。

「由里子さんは人を殺していない。まだ、ちゃんとした立派な人間だ」

柔らかな口調でいった。

「ありがとうございます。本当にありがとうございます。私、自分の犯した罪について宗田さんの意見が聞きたくて」

泣き出しそうな声でいった。

「大丈夫ですよ。行さんがいうように、由里子さんは人間としてやってはいけない一線を越えてはいない。すぐそこに、強い味方もいることですし。なあ、雄三さん」

島木が雄三に声をかけた。

が、雄三は返事ができなかった。

由里子の凄絶な過去を知って雄三の体に変化がおきていた。体がどんどん縮まって、小さくひしゃげていく感覚が体のすべてをつつみこんでいた。鬱症状の前兆だ。いよいよ始まった。

そして縮まっていく雄三の胸のなかには怒りのようなものが芽ばえていた。由里子に対する感情だ。あれほど好きだった由里子に対して雄三は怒っていた。綺麗な由里子は好きだったが、犯罪者の由里子は嫌だった。

そう考えながら、自分は偽善者だと痛感した。

「人殺しだろうが前科者だろうが、いい人はいい人です」

以前、雄三は行介に向かってはっきりこういったのだ。それが今……行介ならよくて、由里子は駄目だという、その理由が雄三自身にもよくわからなかった。よくわからなかったものの、犯罪者の由里子は嫌だった。やっぱり自分は偽善者なのだ。そんな答えしか出てこなかった。

「雄三さん――」

誰かが自分を呼んでいる。

あれは行介の声だ。

「雄三さん、どうしたんですか。暗い顔をして黙りこくって」

島木の声だ。

何だかすべてが面倒臭くなってきた。

何がどうなろうと、自分の知ったことじゃない。所詮、誰からも相手にされない、薄汚い中年男なのだ。

ふらりと雄三は立ちあがった。

「何であろうと、犯罪者は嫌だ」

叫ぶようにこういって、雄三はふらふらと扉に向かった。

ちりんと鈴が鳴った。

部屋に引きこもって三日が過ぎた。

雄三は台所の隅にうずくまっている。

体はどんどん縮こまって、ないも同然だった。今は意識だけで生きている。その意識の真中に居座っているのは、由里子だった。可愛かった。その可愛い由里子に、自分は酷い言葉を投げつけたのだ。雄三は、あの日のことをゆっくり反芻《はんすう》する。

好きの種類はわからないが、由里子は自分に好意を持っているといった。好きだといった。ようやく幸せが見えかけた瞬間だった。その幸せを自分は……しかし、どう考えても犯罪者は嫌だった。そういうことなのだ。よくわからないが、そういうことなのだ。

「由里子……」

口に出して呟いてみる。

初めて好きになった女性だった。

その女性を自分は。

堂々巡りの思考だった。

その思考のなかに、二人の男の姿が浮んだ。由里子をくどいていた、クソ野郎たちだ。あいつらまた由里子にちょっかいを。そんな気がした。帰り際、あいつら確かに「またな」といったはずだ。

あの二人を由里子の前から消しさろう。

それが由里子に対する、せめてもの罪ほろぼしのような気がした。あいつらがいなくなれば、由里子は平穏な生活ができるはずだ。あの二人は悪の元凶だ。

雄三は「どっこいしょ」といいながら、ふらっと立ちあがる。机の前に歩き、引出しに荷物用のロープを切るためのナイフが入っていたはずだった。雄三は机の引出しに歩き、引出しから刃渡り十五センチほどのナイフを取り出して、ポケットに入れる。

「行くぞ、罪ほろぼしに」

発破をかけるようにいって、よろけるようにドアから外に体を出す。

由里子の働いているコンビニに向かって、ふらつきながら歩く。体が縮こまっている

せいか、なかなか足が進まないような気がしたが、そんなことはいっていられない。

ようやくコンビニの見える通りまでくると、なんと、店の前に例の半グレ二人が座り

こんでいる姿が目に入った。やっぱりきているのだ、性懲りもなく。

雄三は二人に向かって歩いた。あと少しだ。

「これで許してほしい、由里子さん」

口のなかでそっと呟く。

犯罪者は嫌だったが、雄三は由里子が大好きだった。

右手でナイフをしっかり握りこんだとき、店のガラスを通して由里子が雄三を見た。

目が合った。

笑ったような気がした。

甘える男

あてもないのに、ぶらぶら歩く。

いくら暇だからといって、一日中家のなかにいれば、たまには外に出てみたくなる。何といってもニート歴二年余り。体もなまるし、気力もにぶる。かといって今のところ、働くつもりはまったくない。肩身は狭いが、体は楽だ。

そんなことを考えて歩きながら、博之《ひろゆき》は昨夜の母親とのやりとりを思い出す。遅い夕食を食べたあとだった。

「博ちゃん、そろそろ働いてもいいころじゃない。こんな生活をしてたら、欲しい物も手に入らないし、どんどん年を取っていくだけで何もいいことはないわよ」

母親の政代《まさよ》はこういって、小さな吐息をもらすが、これはひと月に一度ほどの割合で繰り広げられるセレモニーのようなものだと博之は思っている。神妙な顔をして頭を垂れていれば嵐は過ぎていく。

「あと三年もすれば、博ちゃんも三十でしょう。そうなると、いい働き口もね……だからそろそろね」

これも、いつも口にする台詞《せりふ》だ。

「それに私も、あと三年で定年だからね。博ちゃんを養っていくのも、けっこう大変というか、何というか」

しんみりした口調でいうが、結婚して九年で夫を亡くした政代はそれから再婚もせず、化粧品の外交販売をしながら博之と、すでに嫁いでいる姉の裕美《ひろみ》を立派に育てあげた豪の者である。その政代がいくら定年だからといって、そのまま何もせず、家に引きこもるとは考えられない。博之はそう高を括《くく》っている。

「このままでいくと、お嫁さんのほうもなかなか貰えないことにね。私はそれが一番気がかりでね」

と定番の話がつづいていき、大体三十分ほどで政代の愚痴《ぐち》は終る。これ以上つづけると息子の機嫌が悪くなることをちゃんと計算した上での話の打切りだった。

博之もそのあたりで「わかってるよ」と声をあげ、最高の笑顔を政代に向けて一件落着となるのだが、昨夜はいつもとはちょっと違った。

「それにね――」

と政代は最後にこうつけ加えて、ふいに口をつぐんだ。

「何だよ、それにね、って」

妙に気になって思わず言葉を出すと、

「何でもないよ、また今度でいいよ」

政代は薄く笑って首を振った。

あの「それにね」は一体何だったのか。

博之は考えを巡らせるが、答えの出しようがなかった。出しようがないものは忘れるに限る。そう自分にいい聞かせながら、本通りから一本路地に入ると、気になる店が目に飛びこんできた。

『珈琲屋』だ。

博之は店の前で腕を組み、入ろうかどうしようか迷った。

店主は確か宗田行介。殺人を犯して刑務所に入っていた人間だ。一度顔をじっくり見たいと思っていた。自分はニートで行介は刑務所帰り。世間からドロップアウトした者同士で、何となく共通項があるようにも考えられたし、それよりも何よりも単純に人を殺したことのある男の顔が見たかった。

扉を押してみると、鈴がちりりんと鳴った。

テーブル席には見向きもせず、博之は真直ぐカウンター席に歩く。

「いらっしゃい」

という、ぶっきらぼうな声。店主の行介だ。

カウンター席には二人の人間がいた。

一人は商店街で洋品店をやっている島木という男で、その奥にいるのは若い女性だった。黒縁の眼鏡をかけた沈んだ雰囲気の女性だったが、けっこう可愛い顔に見えた。

「あんたは確か、辻井の裏手に住んでいる、名前は……」

島木が声をかけてきて、名前を思い出そうとしているのか首を捻《ひね》っている。

「山瀬《やませ》博之といいます」

軽く頭を下げていうと、

「そうそう、博之君――辻井の近くで時折見かけたことが」

島木が納得したような声をあげた。

「はい、母と二人で辻井の裏に住んでいます。ついでにいえば、ここ二年ほどはニート生活で母に養ってもらっています」

すらすらと答えた。博之はある種の正直さと明るさを持っていて、それが長所といえばそうともいえた。

「へえっ、ニートなんだ」

そのとき、島木の向こうに座っていた女性が声をあげた。

「正真正銘のニートです。まだ筋金入りとはいえませんけど」

いいながら博之は、島木の隣のイスに腰をおろす。

「ニートにしては明るいんだね。その種の人間はみんな暗いと思ってた。私も同じようなものだから」

その女性の声にかぶせるように、今度は正面の行介が口を開いた。

「何にしますか、博之さん」

名前で呼んだ。低いが優しそうな声だった。

「あっ、ブレンドをお願いします」

わずかにうなずく行介の顔に博之は視線をあてる。男っぽい引き締った顔だったが、怖さはなかった。漂わせている雰囲気も穏やかで、危うさのようなものは何も感じられない。体は頑丈そうだったが、一言でいってすべてが優しそうだった。しかし、この人は……。

そんなことを考えていると、

「宗田行介です、よろしく」

ふいに声がかかって、行介がふわっと笑った。草食動物を連想させる柔和な顔だった。

「こちらこそ、どうも」

博之はぺこっと頭を下げる。

「私は近所でアルルという洋品店をやっている島木というもので、こいつとは幼馴染み《おさななじ》です」

すぐに隣の島木が自己紹介をして、行介のほうを目顔で指した。

「これはご丁寧に――」

頭を下げながら奥の女性のほうを窺《うかが》うが、何の反応もない。視線をカウンターに落しているだけで身動《みじろ》ぎもしない。

「ああ、彼女はこの近所に住んでいる黒木舞ちゃんといって、医大を目指している受験生です。なかなか個性的なお嬢さんです」

代弁するように島木がいった。

「舞ちゃん、よろしく」

博之は舞に声をかける。

「どうも」

舞は低い声をあげただけで、博之のほうを見ようともしない。拍子抜けそのものの反応だった。

「ところで、ニートというのはどんなものですか」

そんな空気を追い払うように、島木が大雑把なことを訊《き》いてきた。

「体は楽ですが、母親への気配りがなかなか大変です」

と博之は明るい声でいい、

「簡単にいえば居候ですから、なるべく体を縮めて気配を消しているのが、コツといえばコツです。すべてはかけひきです」

神妙な顔つきであとをつけ足した。

「ほう、かけひきですか。で、何でまた、ニートなんかに」

立ち入ったことを、ずばりと訊いてきた。

「それは――」

博之は一瞬口ごもってから、

「正直にいえば、仕事ができなかったから。それで会社を辞めざるを得なくなり、今に至っています」

首を振りながらいった。

博之は小さなころから頭が良く、さほどの努力をしなくても成績はいつも上位。大学も有名私学の経済学部にすんなり受かり、四年後には大手の企画会社に入社した。

これが大変だった。博之は営業部に回されたのだが、新規の仕事がまったく取れなかった。ここでは頭の良さなど通用せず、すべてがやる気と努力だった。博之の営業成績はまったくあがらず、社内での居場所は徐々になくなっていった。その結果――。

「仕事をまったく与えてもらえなくなりました。つまり、体のいい馘首《くび》宣告です。そうなったらもう……」

低い声で正直に経過を説明すると、

「これは辛いことを訊いてしまいました。いや、申しわけない。しかしあなたは、実に正直な方だ」

感心したような声でいって島木が頭を深く下げてきた。

「傲《おご》ったいい方をすれば、人生最大で最初の挫折でした。学校の勉強だけでは世の中に通用しない。そのことを痛感しました。ショックでした」

「そうですね。何かを研究するような仕事なら頭の良さは不可欠でしょうが、普通の仕事ではなかなか。残念なことではありますが、博之さんのいう通りです」

島木はいかにも残念そうにいってから、

「ちなみに後学のためにお訊きしますが、博之さんはどこの大学を」

現実的なことを訊いてきた。

博之が誰もが知っている有名校の名前を正直に告げると、島木の両肩がすとんと落ちた。何とも悔しそうな表情だ。

「それは実に勿体《もったい》ないですな。私なんぞ、二流もいいとこの」

ぷつんと島木が言葉を切ったとき、博之の前にコーヒーカップがそっと置かれた。

「熱いですから、気をつけて」

行介の柔らかな声がいった。

行介がいう通り、カップからは盛んに湯気があがっている。

「いただきます」

博之は無造作にカップを手にとって、すっと口に運ぶ。こくっと飲んだ。熱すぎて味がよくわからない。カップをふうっと吹く。何度も息を吹きかけてから飲んだ。

舌の上にコクと苦みと、まろやかさが同時に広がった。

「おいしいです」

といってから博之は奇異な気分に陥った。これは何だと考えてみて違和感という言葉にぶつかった。自分は人を殺したことのある行介の顔を見にきたのだが——期待に反して行介の顔も雰囲気も優しく、おまけに行介の淹《い》れるコーヒーは素直にうまかった。では失望したかと訊かれれば、否と答えるしかなかった。珈琲屋は居心地がよかった。自分の居場所がちゃんと確保されているような気がした。快適だった。たったひとつのことを除けば。

博之はコーヒーを飲みながら、横目になって奥の席をちらりと窺う。舞は相変らず視線をカウンターに落して身動ぎもしない。それが残念だった。どうやら自分は、この風変りな女性にかなり惹《ひ》かれているようだ。今日会ったばかりだというのに。

博之はゆっくりとカップのなかのコーヒーを全部飲み、カウンターにそっと戻す。

「ごちそう様でした」

両手を合せていってから、

「今日会ったばかりで、申しわけないんですけど」

と声を張りあげた。これで舞がこちらを向けば舞に話しかけるつもりだったが、やはり何の動きも見せなかった。

「人生の先輩としての島木さんに、お伺いしたいことがあるんですが」

相手を変えて話しかけた。

「私にわかることなら、何でもお答えしますよ」

心なしか島木は胸を張った。

「実は、母のことなんです」

と博之は自分の生いたちをざっと説明してから、昨夜の母の政代とのやりとりを島木に伝え、最後に政代が「それにね」といって、そのあとをいいよどんだ話をした。

「ひょっとして島木さんなら、この言葉の意味がわかるんじゃないかと思って」

博之はここでいったん言葉を切ってから、以前誰かから聞いた島木の噂《うわさ》をあとにつけ加えた。

「何といっても島木さんは、この商店街随一の女性に対するプロフェッショナルだと聞いていますから」

幾分口調を和らげていった。

「それはまあ、そうかもしれんというか」

むにゃむにゃと島木はいってから、腕をくんで宙を睨《にら》みあげた。

「答えは、ふたつしかないですな」

しばらくして低い声でいった。

「ひとつは、私ももう年だからとか、私もやりたいことがあるとかいう、ごくごく一般的な事柄。そしてもうひとつが……」

島木は空咳を二度した。

「はなはだ、いい辛いことではありますが、お母さんは極めて重篤な病気に罹《かか》っておられるんじゃないかという説。このふたつのうちのどちらかではないかと思うんだが、どうでしょうな」

一気にいって唇を引き結んだ。

一般的な事柄と重篤説――前者は想像できたが、重篤説は考えてもいなかったことだった。もしそうであれば。

「重篤な病気というのは……」

念のために言葉に出してみた。

「癌とか白血病とか、脳腫瘍とか。そんな病名しか私には浮んでこなくて申しわけないんだが、話を聞けば随分気丈なお母さんのようだから、今までそれを隠していたということも充分考えられる」

と話したところで、カウンターのなかの行介から声が飛んだ。

「島木、話が飛躍しすぎてるんじゃないか。結論が極端すぎるような気がするんだが」

「しかし、俺の頭はこの二点しかないと、強く訴えていて、それ以外は」

島木が困惑ぎみにいったとき、

「もうひとつ、あるわ」

という声が飛んだ。

それまで視線をカウンターに落して身動ぎもしなかった、舞だ。ちゃんと話だけは聞いていたのだ。

「女が意味深な言葉を口にしたときは、恋。そうにきまってるじゃない」

何でもないことのようにいった。

「お母さんはお父さんが早くに亡くなってから、ずっと独り身を通してきたっていってたじゃない。それなら、そろそろ新たな恋に目覚めても不思議ではないと思うけど。ねえ、おじさん」

舞は島木に同意を求める。島木はどうやら舞におじさんと呼ばれているようだ。

「その可能性はなくはないが、年齢が五十七ということになると、はたして……」

口をもごもごさせて艶福家の島木らしからぬことを口にしてから、

「ところで、その博之さんのお母さんは綺麗《きれい》なんだろうか」

興味津々の表情で聞いてきた。

「仕事が化粧品のセールスですから、肌の手入れなども念入りで実際の年齢より十歳以上は若く見えることは確かです。だから綺麗といえば、そうもいえます」

とたんに島木の顔が、ぱっと輝いた。

「それはいい、実にいい」

「島木、不謹慎が過ぎるぞ」

なぜだか行介が一喝して、島木は慌てて肩を竦《すく》めた。

「なら、きまりじゃない。一般的な事柄は省くとして、第一候補が恋、第二候補が病気。一件落着じゃない」

舞はこういって、ゆっくりとカウンターの前に立ちあがった。

「じゃあ、私、帰ります」

カウンターの上にコーヒー代をきっちり置いて、行介に軽く頭を下げた。すかさず博之が大声をあげた。

「舞ちゃん、貴重な意見をありがとう」

舞が博之の顔を見た。

その舞に向かって博之は思いっきり笑ってみせた。極上の笑顔だ。博之の最大の武器ともいえるものだ。が、舞の表情には何の変化もなかった。一瞥《いちべつ》しただけで、そのまま店の扉に向かった。

ちりんと鈴の鳴る音がした。

「一目惚れですか。随分、舞ちゃんの気を引こうとしていましたが」

やけに真面目な面持ちで、島木が訊いてきた。

「そうかもしれません。あの独特の雰囲気が気になって気になって。それに顔のほうもかなり可愛いですから」

「本当に正直ですね、あなたは。ところで博之さん、彼女のほうは」

窺うような目つきで見てきた。

「前はいましたけど、ニートになって半年ほどで別れ、今はフリーです」

「そうですか。いいですね、フリーというのは」

溜息をつくようにいう島木を見て、

「ひょっとして、島木さんも、舞ちゃんのことを」

こんな言葉が飛び出した。

「何をおっしゃるやら。相手はまだ、未成年かもしれません。そんな女性を好きになるはずが――」

「医学部志望なら二浪か三浪して、すでに二十歳は超えてるかもしれませんよ」

けしかけるようなことをいうと、

「そうかもしれませんが、そうでないかもしれません。すべては神のみぞ知る、不思議な女性です、あの舞という子は」

吐息をつきながら島木はいい、

「行さん、ブレンド、もう一杯。こっちのニートの兄さんにも」

怒鳴るような声をあげて、煤《すす》けた天井を睨みつけた。

母親の政代が帰ってきたのは、夜の七時を過ぎたころだった。

「何なの博ちゃん、このにおい」

玄関を入るなり、政代は鼻をひくひくさせて叫ぶようにいった。

「カレーだよ、カレー」

台所兼食堂に入ってきた政代に、博之は笑いながら答える。

「カレーって、博ちゃんがつくったの。いったい、どういう風の吹き回しなの」

ぽかんとした表情で政代はいう。

いつもなら、帰ってきた政代がそのまま台所に入って夕食をつくるのが普通だった。

「いつも世話になってるから、たまにはこういうことがあってもいいかなと思ってさ。だから早く着がえてきて、一緒に食べようよ。皿によそっておくから」

うながされた政代は自室に入り、部屋着に着がえてから食卓につく。

「じゃあ、いただきます」

政代は早速スプーンを手にして、カレーをすくった。

「これって、ちょっと変ってるね。和風の味のように感じるけど」

しっかりと咀嚼《そしゃく》しながら政代がいう。

「冷蔵庫を覗《のぞ》いても肉がなかったから、ベースはインスタントの和風ダシ。それでルーと炒めた野菜を煮こんで、隠し味で少量の醬油を加えた、即席カレー」

「なるほどね。それなら簡単にカレーもできるわね。味のほうも、まあまあだし」

政代は満足気にスプーンを口に運び、二人は食べることに専念する。

「実は今日、外出してあるところへ行ってきた。といっても近場だけど」

食事が終って、お茶を飲んでいるとき博之はこう切り出した。

「近場でも外出したのなら、上出来じゃない。それで、どこへ行ってきたの」

身を乗り出すようにして、政代は訊く。

「珈琲屋――」

ぽつりといった。

「珈琲屋さんて、あの宗田さんという殺人罪で刑務所に入っていた人がやってる店の」

驚いたような声を政代は出した。

「どうしても人を殺した人の顔が見たくて、行ってみたんだけど」

と博之はそのときの様子を、あとの話に支障をきたす部分だけを除いて詳細に話して聞かせた。政代は時々相槌《あいづち》を打ちながら機嫌よく聞いていた。

「そう、宗田行介さんて、そんな優しそうな人なの。やっぱり噂だけで人間を評価しては駄目なのかもしれないね。でも、やっぱりねえ……」

といってから慌てて首を振り、

「そうなると、その宗田さんより商店街一のプレイボーイと噂される、島木さんていう人のほうが厄介かもしれないね」

冗談ぽく政代はいった。

「あの人は完全なフェミニストで、女性に危害を加える人じゃないから大丈夫だよ。もっと端的にいえば、女性の尻に敷かれるタイプで、人畜無害の人だよ」

博之も笑いながらいう。

「ところで舞さんて人が出てきたけど、その人のことが私にはもうひとつ、よくわからないんだけど」

上目遣いに博之を見た。

「彼女のことは俺にもよくわからない。島木さんも、よくわからない女性っていうんだから、俺たちにわかるはずがない」

「医大志望の謎の美女か――博ちゃん、あんたその舞さんって子を好きになったの」

さすがに母親の勘は鋭い。本音をぴたりといいあてた。

「そうかもしれない。けっこう魅力的な雰囲気を持った人だから」

正直に口にする博之に、

「それはいいことだと思う。どんなんであれ、女の人を本当に好きになれば、博ちゃんのニートも治るような気がする」

政代は嬉しそうな口調で一気にいった。

「それはないよ。俺のニートは、その程度じゃ治らない。まだまだ当分、母さんの厄介になるつもりだから、よろしく」

すぐに博之は否定の言葉を出した。

「それは……」

絶句する政代に、

「そんなことより、このとき母さんのことで話が盛りあがったんだ。正確にいうと母さんがいったある言葉のことで」

真面目な表情で博之はいった。

「昨日の夜、母さんが俺に説教をした後にいった『それにね』という言葉。この言葉の意味は何だろうということで」

政代の顔に狼狽《ろうばい》が走るのがわかった。

「島木さんは、重篤な病気を抱えているんじゃないかといい、舞ちゃんは、母さんは恋をしてるんじゃないかといったけど。どう、このふたつの答えのなかに正解はあるの。きちんと教えてほしいんだけど」

博之は真直ぐ政代の顔を凝視した。

政代は無言で何も答えない。

さらに博之は政代の顔を見る。

「わかった」

ふいに政代が声をあげた。

「きちんと話すわ、あの言葉の意味を。でも今は無理。急なことで心の整理がすぐにはつかないから」

疳高《かんだか》い声でいった。

やっぱりあれは、重要な言葉だったのだ。

「今は無理って。じゃあ、いつならいいっていうんだよ」

博之は、ちょっとふてくされていった。

「今度の日曜日。日曜日になったら、きちんとその意味を博ちゃんに話すから」

今日が火曜日だから、日曜日まではあと五日である。

「珈琲屋さんで……」

妙なことを政代が口にした。

「えっ、今なんていったの」

「だから、あんたが今日行って気に入った、宗田行介さんの店で話すといったのよ」

耳を疑うようなことを政代はいった。

「なんで珈琲屋なの。なんで宗田さんの店がここに出てくるの」

思わず声を張りあげた。

「だって優しい人なんだろ。気持のいい人なんだろ。博ちゃんも気に入ってる人なんだろ」

一気にいう政代に、

「それはそうだけど、それにしたって、ちょっと変だよ。筋が通ってないよ。他に何か、ちゃんとした理由があるんじゃないのか」

なじるように博之はいう。

「ちゃんとした理由らしきものは、あるわ」

政代の目が博之の顔を見ていた。

「人を殺したことのある人に、私の話を聞いてほしいの。人を殺したことのある人の前で、私の話をしたいの」

はっきりした口調でいった。

「それって、どういうことなんだよ」

何がどうなっているのか、さっぱり訳がわからなかった。

「だから、すべては日曜日の珈琲屋さんで。そういうことだから、博ちゃんが心配するようなことは何もない」

きっぱりといい切った。

「じゃあ、後片づけは私がやっておくから。あんたはもう部屋へ行きなさい」

有無をいわせぬ政代の言葉に博之は食卓の前を離れ、自室の四畳半に戻る。ベッドの上に倒れこむようにして寝転がる。

母のことも気になったが、博之にはもうひとつ心配事があった。

今日の午後、珈琲屋で舞が帰るとき、自分の笑顔を無視されたことだ。他の人なら何でもないことのようなささいなことだが、博之には大事件だった。

博之にとって笑顔は最大の武器だった。

これまでの人生で、博之はどれだけこの笑顔に助けられてきたか。笑顔は最大の武器であり、最高のアイテムだった。それが物のみごとに無視されたのだ。不安が博之の体のなかで増えつづけていた。

というのも……。

ある種の期待感を抱いて、博之は珈琲屋の扉を押す。

ちりんという鈴の音と一緒に店内に入りカウンター席に向かうが、そこには誰も座っていない。

「いらっしゃい、博之さん」

ぶっきらぼうな行介の声を聞きながら、博之は正面の席に滑りこんでブレンドコーヒーを頼んだ。

「今日は誰も、きてないんですね」

サイフォンをセットする行介に向かっていうと、

「誰もというのは、島木のことですか、それとも舞ちゃんのことですか」

前置きを抜きにして、具体的な名前を口にした。

「それは……」

博之は一瞬いいよどんでから、

「正直にいえば、舞ちゃんのことです」

はっきりした口調で答えた。

「あの子の行動は、予測不能だから」

笑いながら行介はいい、

「一日に二度三度顔を見せるときもあれば、数日間、まったくこないときもある。不思議といえば、不思議な子です」

軽く頭を振った。

「あの子、本当に医学部を狙う浪人生なんですか——不思議すぎて、何だかそれさえも本当じゃないみたいに感じます」

「少なくとも本人はそういっているから信じてやらないと。もっとも、何かに悩んでいることも確かなような気がしますが」

行介の眉根が少し曇った。

「悩みですか……若いやつは誰でも、一つや二つの悩みごとは持ってますよ。現に僕だって、今、かなり悩んでますから」

思い切っていってみた。

「明るいニートとして、飄々《ひょうひょう》と毎日を過ごしているようにも見えるんだが。やっぱり、そうじゃなかったんですか」

行介は何となく意味深なことをいってから、

「熱いですから、気をつけて」

と、博之の前に湯気のあがるコーヒーカップを差し出した。

「いただきます」と口に出してから、博之はカップを口に運ぶ。少し口のなかにいれ、舌で転がすようにしながら熱さの加減をして飲みこむ。じんわりと、うまかった。とても、殺人を犯した人間が淹れたコーヒーとは思えない。絶妙な味だった。

博之はしばらく無言で、コーヒーを飲んだ。それがこの場合の礼儀のような気がした。

半分以上飲んでから、カップを皿に戻し、

「僕の悩み、聞いてくれますか」

真直ぐ行介の顔を見た。

この人の前なら素直になれると思った。この、人を殺したことのある、行介の前なら。

「好きで、ニートをやってるんじゃないんです。ただ単にカッコつけというか、現実逃避というか。こうでもしなければ収まりがつかないような気がして。周りから仕事ができなくて馘首になったと思われるのが本当に嫌で……それならいっそ、最初から世間に迎合できない駄目人間だったとアピールすれば、それだけは回避できるんじゃないかと思って」

本音の部分を一気にいった。

「だから、普通の引きこもりのように、暗くていじけた素振りを見せるのはやめにして、明るいニートか──なかなか考えたもんですね、博之さんも」

腕をくんでいう行介に、

「自分から馘首にされたと大声でアピールすれば、何となく冗談のような、あやふやなような、そんな効果もあると思って」

低い声で博之はいい、カップに残っていたコーヒーを一気に飲みほした。そして、

「そりゃあ悔しいですよ。小さいころから頭がいいといわれ、有名大学にもすんなり入り、大手の企画会社にも入ってこの始末です。それまでの僕の自信が壊れていく音を、はっきり聞いたんですから。無能者の烙印《らくいん》を押されたんです」

博之は、カウンターの上に置いていた両の拳を砕けるほど握りこんだ。

「僕がニートをつづけている理由はもうひとつあって、ひょっとしたらどんな職業についても駄目人間の烙印を押されるんじゃないかと思って。そんなことになったら……僕はそれが怖くて怖くて、僕の心は砕けて、それこそ本当に暗くて、いじけた引きこもりになって一生を送るんじゃないかと思って」

絞り出すような声でいった。

「博之さん」

柔らかな声が聞こえた。

「これでも飲んで、少し落ちつきませんか。むろん、店のサービスです」

いつのまに淹れたのか、博之の前に湯気のあがるコーヒーカップがそっと置かれた。

「あっ、ありがとうございます。遠慮なくいただきます」

博之は二杯目のコーヒーを口にした。

人の温かみが身にしみるような味だった。

「すみません。実はもうひとつ悩みがあって」

手にしたコーヒーカップを皿に戻して、ぼそっと博之はいった。

あの最強のアイテムである、笑顔の件だ。

これも行介に聞いてもらいたいと、博之は思った。

「僕は体も小さいし顔のほうも子供っぽいし、目立つところはまったくないんですが、たったひとつだけ」

低い声で話し出した。

「この童顔に笑顔を浮べると、どういう加減か大抵の人は共感してくれるというか、つまり、好感度がぐんと上昇するんです。たとえば――」

高校二年のときだ。

博之は駅前の書店の文具売場で、面白半分にボールペンを一本万引きした。そのボールペンをポケットに入れた瞬間、若い女子店員が博之の前に現れて険しい目で睨みつけた。

「駄目でしょ、そんなことをしたら」

博之の全身が、すっと凍えた。

思わず泣き笑いの表情を、女店員に向けた。

その瞬間、女店員の顔から険しさが消え、柔らかな表情に変った。

「今度から、こんなことをしたら、駄目だからね」

女店員はそういって博之の肩に手を置き、そっと店の外へ送り出してくれた。ポケットのなかのボールペンを戻せともいわなかった。

「多分……」

と博之は行介の顔を凝視した。

「童顔の僕が笑顔を浮べると、赤ちゃんぽくなるんじゃないですか。赤ちゃんを嫌う人間は、そうそういませんから、それで」

こんなことをいってから、

「夏山で友達と一緒に北アルプスの白馬岳《しろうまだけ》に登ったときも。へとへとになった僕は売店のコーヒー牛乳が飲みたかったんですけど、山の上の値段はあまりにも高くて。それで迷っていたら、バイトの女子店員が声をかけてきて。訳を話して笑顔を浮べると、いいわといって僕にだけ内緒でコーヒー牛乳を無料でくれました」

ちょっと得意げに博之は話した。

「だから女性にもけっこう、モテました。というより、正直にいえば嫌われるということは、まずありませんでした。何か事がおきたときは、ほとんどの女性が味方になってくれて……」

「それは、すごいな」

行介が感心したような声をあげた。

「島木が聞いたら、地団太踏んで悔しがるだろうな。殴られるかもしれんな」

ほんの少し笑みを浮べた。

「女性に限らず男の人たちもそうでした。何か失敗をしても、泣き笑いの表情を見せれば、何とか丸く収めてくれる。一事が万事、そんな調子で僕はこの笑顔に随分助けられたというか、得をしてきたというか、でも、その笑顔も通用しなくなったようです」

と、博之は先日、舞との間におきたことを正直に行介に話し、

「頭の良さが見かけ倒しで、それまで様々な恩恵を受けてきた笑顔も、今や無力。これで僕の自信のほうも、まったくゼロになってしまいました。何だか本物のニートになってしまいそうです」

といって肩を落した。

「企画会社のほうはともかくとして、笑顔の件はそれほど人生に影響は……それに舞ちゃんはかなり変った人だから、そんなに気にすることはないような気もしますが」

そう行介が呟《つぶや》くようにいったとき、カウンター席の後ろに置いてある観葉植物の陰から人影が湧き出るように現れた。

噂の主の舞だ。

どうやら扉の上の鈴はまともに鳴らないこともあるようで、行介もそれまで舞の存在

に気がつかなかったらしく驚いた表情を浮べている。

舞はつかつかとカウンターに近づき、博之の隣に乱暴に腰をおろした。

「ブレンド、お願いします」

と行介に低い声でいった。

「舞ちゃん、いつから……」

上ずった声を博之があげると、

「何、一人で甘ったれてるのよ。自分のプライドを守るために明るいニートの真似事って、何よ。それで、どれだけあんたのお母さんが苦労してるか。そういうこと、考えたことがあるの」

吐きすてるように舞はいった。どうやら最初から話を聞いていたようだ。

「それに何。あんたの笑顔に私が反応しなかったから落ちこんでるって――あんな笑顔に反応する人間なんて誰もいないわよ。自惚れるのもいいかげんにしたら」

今度は諭すような口調だ。

「ごめん」

舞に向かって博之は頭を下げた。

「私に謝ったって意味ないじゃない。謝るならお母さんにでしょ。そして、まっとうに生きることでしょ」

今日の舞は、いつになく饒舌《じようぜつ》だ。それに気圧《けお》されるように、周りを沈黙が押しつつむ。

「まあまあ、舞ちゃん。これでも飲んで、ここは落ちついて」

少しして舞の前にコーヒーカップが、行介の手でそっと置かれる。

舞はカップをそろそろと口に運んで、ゆっくりと飲みこむ。さっきの博之のように、舞も無言でコーヒーを飲んだ。

しばらくしてカップを皿に戻し、舞は大きく深呼吸をした。

「落ちついたみたい」

清々した様子でいった。

「何はともあれ、舞ちゃんに不快な思いをさせたことは謝ります。それから母親に謝れっていってたけど、その件は無理。まだ、まっとうに生きる自信がないから。だから当分は明るいニートのままで、母親の世話になるつもりです。自分勝手な言い分だということは、わかってるけど」

できるだけ丁寧な口調で博之はいった。正直な気持だった。

「本当に自分勝手――でも、私も同じようなものだから、大きな口は叩けないけど」

前を向いたまま、舞がいった。

「それから、宗田さんにひとつ知らせておきたいことが」

博之は行介のほうに視線を向けた。

「先日、母親が口にした『それにね』という言葉の件ですが、あの意味を今度の日曜日の夕方、ここにきて話すそうです。迷惑かもしれませんが、そうしたいと母親がいってました」

と母親とのやりとりを、ざっと話す。

「ここに、お母さんがきて話すのか！」

珍しく素頓狂な声を行介が出した。

「宗田さんの前で話したいと、はっきりといってました。真意がどこにあるかはわかりませんが、そういうことなので、よろしくお願いします」

行介に向かって頭を下げた。

「俺は別段いいけれど……」

行介も幾分、とまどってはいるようだ。

「それなら私も、きてもいい？」

ふいに舞が声をあげた。

「それはまあ、いいですよ。恋愛説をいい始めたのは舞ちゃんでもあることですし」

これ以上、舞に嫌われることもないだろうと、なかば博之は諦め顔で返事をした。

それから博之は何度も、あの言葉の意味を母親に聞いてみたが、政代は首を横に振るだけで何も答えない。

なぜ珈琲屋で話すのか、これも何度も訊いてみたが、

「人を殺したことのある人の前で私は話をしたい、ただそれだけのこと」

以前いったことと同じような言葉が返ってきただけで、何の進展もなかった。

金曜日の午後、何となく落ちつかない気分になり、博之はまた珈琲屋に出かけた。

今日はカウンターの前に島木がいた。ほんの少し迷ったものの、腹を括って隣の席に座りこんだ。

「ブレンド、お願いします」

と行介に声をかけてから、島木に頭を下げる。

「これはこれは博之さん。相変らず血色もよく、快適な明るいニート生活を満喫しているようですね」

冗談っぽい口調で島木が口を開いた。

「いや、僕なんか島木さんに較《くら》べたら、快適などという言葉は爪の垢ほどもありませんよ。不自由そのものですよ」

博之もなるべく明るく返事をする。

「それでどうですか。お気に入りの舞ちゃんとは会ってるんですか。むろん、この店で

という意味ですが」

探るような目つきで博之を見てきた。どうやら先日の件を、行介は島木に話していないようだ。行介のほうをそっと見ると、小さくうなずくのがわかった。やっぱりこの人は口が堅いのだ。誠実なのだ。

「一度だけ、ここで」

ぼそっといった。

「ほう、ここで——で、舞ちゃんとはどんな話を」

島木が身を乗り出してきた。

「それはまあ、いろいろです。あんなことやら、こんなことやら」

言葉を濁すと、

「そんなにいろいろ、話したんですか。あの無口な舞ちゃんと。それはすごい。というか、羨ましい、実に羨ましい」

本当に羨ましそうな顔をした。

そして、ほんの少し悲しそうな顔を。

このとき博之の胸に、この人にもあの話をしなければ不公平だという思いが湧いた。舞は母親の言葉に恋愛説を出したが、島木も重篤説を出しているのだ。それに、自分の取柄で残っているのは正直さだけ。話さない訳にはいかないと思った。

「島木さん、実は——」

といって、博之は先日の行介との話、それに舞とのやりとりを詳細に島木に話して聞かせた。

「それは、また」

島木は唸《うな》り声をあげ、

「行さん、それならそれで、俺にもちゃんと教えてくれないと」

恨むような目を行介に向けた。

「そんな話を本人の承諾なしで、教えるわけにはいかんだろう。いくら相手がお前だとしてもだ」

よく通る声で行介がいった。

「そりゃあまあ、そうだが」

島木は小さくうなずいてから、

「それにしても、あの言葉の意味をわざわざここにきて話すとは。いや、博之さんのお母さんも変っているというか、物好きというか……」

感嘆したような声をあげた。

「なぜ、ここなのか。そのあたりは僕にもまったくわかりませんが、島木さんには、そのあたりの理由がわかりますか」

「まったくわからない。が、わからないことを考えても仕方がない。いずれ日曜日、ここにくればわかることですから」

当然のような口振りでいうが、やはり島木も日曜日の夕方はここにくるつもりなのだ。

「島木、お前もくるのか」

熱々のコーヒーを、そっと博之の前に差し出してから行介がいうと、

「舞ちゃんがくるのなら、保護者同然の俺がこないわけにはいかないだろう。それに、博之さんの美人のお母さんを拝顔できるということでもあるし」

しゃあしゃあと島木はいった。

「くるのはいいとしても、余計な口を挟むんじゃないぞ」

釘を刺す行介に、

「むろん、余計なことをいうつもりはない。ただ俺は、いつでも弱者の味方だ」

やけに真面目な口調でいった。

「弱者とは誰のことだ」

「そりゃあ行さん、きまってるだろう。博之さんの、お母さんの、政代さんのことに」

力強くうなずく顔を見ながら、先日の件を島木に話したことを、博之はほんの少し後悔するが今更しようがない。

「いずれにしても、よろしくお願いします」

島木に頭を下げて、博之はコーヒーカップに手を伸ばした。

日曜日の夕方。

博之は母親と連れ立って、珈琲屋の古い扉の前にいた。

大きく深呼吸して扉を押す。

カウンターにはやはり、舞と島木の顔があり、こちらの様子をじっと見つめている。

「これはこれは、お母さん。噂には聞いてましたが、実にお若い。どこからどう眺めても、四十代の半ばくらいにしか見えませんな。いや、びっくりしました」

カウンター前に行くと、島木がこんな台詞を並べたてた。

「いつも息子がお世話になり、本当にありがとうございます。いいかげんな息子ですけど、今後ともよろしくお願いします」

政代は島木と舞に挨拶をし、最後に行介に頭を下げてカウンターに腰をおろした。

「いらっしゃい、何にしましょう」

行介のぶっきらぼうないつもの声に、

「ブレンド、ふたつ」

と博之はいって、小さな吐息をもらす。

「しかし、お母さん。お年も若く見えますが、お顔のほうも実に美しい。まさに、眼福の至りと申しましょうか」

隣に座った政代に、島木が歯の浮くような言葉を投げかける。どうやら島木は政代をかなり気に入った様子だ。すぐ脇に舞がいるというのに。

「その容姿で化粧品のセールスということだと、随分おモテになるんじゃないですか。あっちこっちから引く手数多《あまた》というか」

といったところで、

「あっ、扱っているのは女性用だけですよね。男性用はないですよね」

島木は頭を掻《か》いて笑顔を浮べる。

「いえ、男性用も扱っております。ただ、試供品は女性用だけで、男性用の化粧品はパンフレットのみなんですが……」

機嫌よく、身振り手振りをまじえて答える母親を見ながら、博之はほんの少し違和感のようなものを覚えた。博之の知っている、いつもの母親はそこにはいなかった。

「それならぜひ、私にもその男性用の化粧品を……」

といったところで「島木っ」という行介の声がカウンターの向こうから響いた。

「まあその、もし機会がありましたら」

島木は照れたような声を出し、脇にいる舞の顔をちらっと眺めた。むろん舞は、知らん顔だ。

「熱いですから」

行介の声と一緒に、博之と政代の前に熱々のコーヒーカップが置かれる。

「まあ、本当に熱そう」

少女のような声を政代はあげた。

そっとカップを手に取って口に運び、少し飲みこんで舌の上で転がす。白い喉が上下に動いた。

「おいしいっ」

また少女のような声をあげた。

そんな様子を窺いながら、博之も熱々のコーヒーをそろそろと飲む。

「私がこの店で、話をしようと思ったのは……」

カップを皿に戻し、政代がゆっくりと口を開いた。

「この店のマスターである宗田さんに、この場の証人になってほしいと思ったからです。殺人という究極の罪を犯した、宗田行介さんという人に……」

政代は少し言葉を切ってから、

「すみません、いってはいけないことを口にして——でも究極の罪を犯した人だからこそ信用できる。そう考えたんです。もちろん、宗田さんに限ってのことですけど」

政代はゆっくりといって、行介に頭を下げた。

「いいですよ、本当のことですから」

無表情で行介は答えた。

「前置きはいいから、早くあの言葉の意味をいえよ」

押し殺した声を博之は出した。

「前置きじゃないの、これは。とっても重いことなの。だから、ちゃんといっておかなければいけないことなの」

政代が叫ぶような声をあげた。

「あなたは宗田さんのことを心の優しい、いい人だといってたけど、その優しい心の奥底がどうなっているのか、考えたことないでしょ。あなたが見てるのは、いつも世の中の上っ面だけ。それを自分流に解釈して勝手に納得してるだけ。だから、いつまでたっても、ふらふらと」

一気にいってから、政代はふいに言葉を切って姿勢を正した。

「私、好きな人ができました」

はっきりした口調でいった。

周りが一瞬、静まり返った。

博之の胸が、ざわっと騒いだ。

「勝った！」

どこからか声があがった。

舞だ。いってから舞は肩をすぼめるようにして、うつむいた。

「私と同い年で、名前を川島久雄《かわしまひさお》さんといいます」

政代は、そのいきさつを話し出した。

七カ月ほど前のことだという。

政代はアポなしで住宅街にあるアパートの一室を訪ねた。時間が余ったときにやる、飛びこみ営業だった。

川島という表札の下のチャイムを鳴らすと、出てきたのは女性ではなく、中年の男だった。これはしまったと思ったが、ここまできたからにはと玄関に腰をおろして営業を始めた。眼鏡の奥の目が優しそうで、実直そうな人柄にも好感を持った。

「奥様は?」といちおう訊いてみると川島は首を横に振って「独り身です」と申しわけなさそうに答えた。

それならと政代はバッグから男性用化粧品のパンフレットを取り出し、ゆっくり丁寧に説明を始めた。すると、

「あと三年で還暦を迎える年ですから、もうそういった物は」

川島はこういって薄く笑った。

「あと三年で還暦って、それなら私と同い年です。私も独り身ですけど、こうして頑張

っています。まだまだ、これからです」

強くうなずくと、

「えっ、私と同い年なんですか。もっとずっと、お若いかと……」

といって、政代の顔をまじまじと見つめてきた。政代の体を満足感のようなものが走った。そしてそれはすぐに羞恥心のようなものに変った。

「そうです。ええと、川島さんと同い年です。まだまだ、これからです。恋だってできるはずです」

口に出してから、胸の鼓動が急に速くなった。耳たぶが赤くなっているのを感じた。体の奥で何かが外れたような気がした。

川島を見ると顔が赤くなっていて、目が左右に泳いでいる。少年のような顔に見えた。

「あの――」

といって政代は立ちあがった。

「あっ、帰ってしまうんですか」

川島は、すがるような目を政代に向けてきた。

瞬間的に視線をそらした政代の脳裏に、博之の顔が浮んだ。が、その顔はすぐに消えさり、少年のような顔だけが残った。

「今日は帰りますが、またきます。ですから大丈夫です」

何が大丈夫なのかわからないまま、思わず政代は口走り、川島の部屋を出た。

これを縁に政代は何度か川島の部屋を訪れ、二人は恋に落ちた。

川島は十年ほど前に勤めていた電機メーカーをリストラされ、そのとき奥さんは離婚を迫り、当時住んでいたマンションを出ていったという。二人の間に子供はなかった。

その後、離婚した川島は今のアパートに移り、一時は自暴自棄にも陥ったが、現在はガードマンの職を得て生計を立てていた。

話を終えた政代は、カウンターに視線を落した。

「つかぬことを伺いますが、恋に落ちたということは深い関係になったと……」

いい辛そうに島木が口を開いた。

とたんに政代の背筋が、ぴんと伸びた。

「はい、そういうことです」

はっきりした口調でいった。

博之の胸が母親に対する違和感で、一杯になった。政代の首筋が赤く染まっているのが目に入った。いつもの母親ではなかった。横にいるのは生の女としての政代、博之の知らない、別の生き物だった。

「何だよ。その男のアパートに行ったとき、俺の顔が浮んですぐ消えたっていうのは」

それでも気になったことを、母親にぶつけた。

「それは、あなたが格好つけてばかりいるから」

格好つけてと政代はいった。

博之の本質をちゃんと見抜いていた。

「勝手な理屈ばかり並べて、世間様にイイ格好ばかり見せて、ニートもどきの毎日を送って自分を納得させてる——そんなあなたに何でもいいから職について、ちゃんとした生活をしろっていいつづけるのに、私は疲れたんだと思う。もっとはっきりいえば、私はあなたを見捨てたんだと思う」

大胆なことを政代は口にした。

「俺を見捨てたって……親が子供を見捨てるなんて、そんな勝手なことができるのか」

博之は怒鳴った。怒っていた。

「できるわ——」

ぽつりと政代がいった。

「子供が親を見捨てるように、親だって子供を見捨てることができる。そのことを私は、あなたの勝手な生き方から学んだ。あなたのほうが、先に私を見捨てたのよ。あなたは私を親だなんて思っていない。頭にあるのは、甘えの対象としての私だけ、利用してるだけ。それではあんまり淋しすぎる。だから私は、あの人に走った。歯を食いしばって、あの人に恋をした。歯を食いしばって」

叫ぶようにいった。

「何だよ、その歯を食いしばってというのは。何だか、無理やりその男を好きになったような口振りだけど、ちょっといい訳のしすぎじゃないのか」

博之は唇を尖らせる。

「いい訳に聞こえるかもしれないけど、その思いはあるわ。私だって、さっさとあなたを見捨てて、あの人に走った訳じゃない。悩み苦しんだ末の結果。あの人を好きになって、あなたを一人立ちさせたほうがっていう思いが……そう考えたのは確かなことよ」

「それこそ、自分勝手な屁理屈じゃないか。格好をつけるのも、いいかげんにしろよ」

「あなたは歯を食いしばったことがないから、わからないのよ」

泣き出しそうな声を政代はあげた。

「ここにいるみなさん。島木さんも舞さんも、誰もいないところで歯を食いしばって生きているはず。そして優しくて、いい人だという宗田さんだって、心の奥底で歯を食いしばって生きている。歯を食いしばって生きていないのはあなただけ」

政代は肩で大きく息をして、

「博之、あなたは、宗田さんの右手を見たことがある？」

妙なことを訊いてきた。

「多分、ないでしょ」

政代は視線を行介に向け、

「勝手なお願いで申しわけないですけど、この子に宗田さんの右手を見せてやってくれませんか」

といって頭を下げた。

「いいですよ、そんなことぐらい」

行介は大きくうなずいて、大きな右手を博之の前に広げて見せた。

衝撃だった。

無惨な掌《てのひら》だった。

皮膚は引きつれて赤黒く変色し、ところどころがケロイド状になって、魚の鱗《うろこ》のように盛りあがっていた。正視できなかった。博之は行介の掌から視線を下に落とした。

ようやくわかった。

政代は、これを自分に見せたかったのだ。この無惨な行介の手を。一目見たら忘れることのできない、引きつれた手を。政代はおそらく誰かから聞いて、この手のことを知っていたのだ。だからこの店を選んで……。

「これが宗田さんの、心の奥底の姿。犯した罪の意識から逃れられない宗田さんは、自分の右手をアルコールランプの炎で焼いて、自分の心を鎮めていた。これがどんなに凄《すご》いことなのか、あなたにわかる？」

低い声でいうが、博之には何も答えられない。何も答えることができないほど、行介の右手は衝撃だった。

沈黙があたりを覆った。

誰も何もいわなかった。

「私、川島さんと結婚するかもしれない」

沈黙を破って政代が、ぽつりといった。

これも衝撃だった。

「えっ、結婚ってそんな」

おろおろ声を博之はあげた。

「結婚したら、川島さんは私の家に入ることになるはず。そのときは悪いけど、家を出てもらうから」

土地は借り物だったが、家は政代の物だった。ちっぽけな二階家で、新婚の夫婦と博之が同居するにはちょっと無理があった。

「結婚して相手を家に入れるって、その年でそんなみっともないことを……」

情けない声を出すと、それを追いやるように島木が口を開いた。

「ですから、その考え方をやめなさいってお母さんはいっているんです。傷つくのを恐れて逃げるのはやめて、歯を食いしばって這《は》いずり回れと、お母さんはいってるんだと私は思いますよ」

嚙《か》んで含めるようにいった。

「あんた、接客業をやったら」

今度は舞の声が飛んだ。

「あれだけ完璧に明るいニートを演じたんだから、気配りは満点。他の仕事は何ともいえないけど、時給いくらかでどこかの飲食店にでも入りこめば、充分務まると思うよ。それに――」

ふわっと舞は笑ったようだ。

「私には通用しなかったけど、あんたの笑顔は本物だよ。あの赤ちゃん顔で、歯を食いしばって頑張れば何とかなるよ」

「そうよ、博之。世間体なんか気にしないで、パートでも派遣でも何でもいいからどこかに勤めたら。ニートもどきなんて卒業して」

政代が励ますような声をかけた。

「それから、もし私が川島さんと一緒になるとしたら、それは歯を食いしばっての結婚だということを忘れないでね」

何となく含みのある物言いを政代はした。

「とにかく、ニートもどきは卒業」

野太い声は行介だ。

「返事は、博之さん」

野太い声が、またいった。

「はい……」

蚊の鳴くような声だったが、口から自然に出た。

「じゃあ、もうすぐ新しいコーヒーができあがるから、それで乾杯だ」

行介のいう通り、コーヒーの心地いい香りが店内に広がっていた。

博之は小さく深呼吸をした。

妻の報復

目当ては冬子だった。

冬子がこの店の常連であることは、知っていた。もし扉を開けて冬子がいたら、ありのままを話して決断を実行する。いなかったら神様が味方をしてくれなかったと潔く諦める。

玲子《れいこ》は『珈琲屋』の古い扉の前で、大きく深呼吸をする。

腹を括《くく》って、そっと扉を押した。

扉の上の鈴が、ちりんと鳴った。

店のなかに入って周りを見まわすと、カウンターの前に女が一人いた。冬子だ。決断の実行だ。そのためには冬子に……。

「いらっしゃい」

とカウンターのなかから、ぶっきらぼうな声が響く。この店のマスターの行介だ。その声に導かれるように、玲子はカウンターの前に歩く。

「あの、ここに座ってもいいですか」

恐る恐る、玲子は冬子に声をかける。

「あっ、いいですよ。どうぞ遠慮なく」

ほんの少し怪訝《けげん》な表情を浮べながらも、冬子は澱《よど》みなく答えた。

「じゃあ、失礼します」

玲子は冬子の顔を凝視しながら、隣のイスに腰をおろして小さな吐息をもらした。

年はそれほど自分と変らないのに、冬子には華があった。年よりずっと若く見えた。

玲子は四十二歳だった。

「何にしましょう」

行介のぶっきらぼうだが柔らかな声に、

「ブレンド、お願いします」

玲子は小さく答えて、うつむいた。

「ええと、奥さんは——」

そんな様子を見かねたのか、冬子のほうから声をかけてきた。

「あっ、商店街の裏手の都営アパートに住んでいる、奥村《おくむら》玲子といいます」

玲子は思いきり頭を下げる。

「これはご丁寧に、私は——」

という冬子の声に合せるように、

「知ってます。お蕎麦屋さんの、冬子さんですよね」

ほんの少し笑って答えた。

「知ってるんだ、私のこと」

冬子は子供のような口調でいい、

「ということは、玲子さんはワケアリの女性ということですか」

何でもないことのように後をつづけるが、玲子の心は動揺する。

「あの、私はワケアリの女性なんですか」

思わず聞き返すと、

「私の名前を知ってて、そのうえ、この店のカウンターに足を運んでくる人となれば、これはもうワケアリということに相場は決まっていますから」

冗談っぽく冬子は答えた。

「そうですね。そういうことなら冬子さんのいう通り、私は立派なワケアリかもしれませんね」

玲子も冗談っぽくいう。

何となく緊張がほぐれてきたかんじだ。

「当然のことを訊《き》きますけど、行ちゃんの過去も知ってるんですね」

きめつけるようにいう冬子に、

「知ってます。でも今日は、冬子さんに会うためにここにきました」

はっきりした口調で玲子はいった。

「それはつまり、私の過去に関することで何かの話を聞きたい――そういうことなんでしょうね」

冬子の表情が一瞬、暗くなったような気がした。

「はい、すみません」

素直に謝ったところで「熱いですから」という行介の声が聞こえて、湯気のあがるコーヒーがカウンターに置かれた。

玲子は軽く頭を下げ、カップに両手をそえて口元に運ぶ。静かに口に含み、舌の上で転がしながら喉の奥に飲みこむ。おいしかった。雑味のない素直な味がした。

「おいしいです」

カップを口から離していうと、

「ありがとうございます」

行介が笑みを浮べた。

しばらくコーヒーを味わった。

「私のことを、どれほど知ってるんですか」

頃合いを見計らったように、冬子が声を出した。

「大体のところは……」

低い声で玲子はいった。

「大体って、どれくらい」

さらに冬子が訊いてきた。

「それは——」

玲子は少しいい淀んでから、

「嫁いだ先が旧家だったので、相手と別れたくても、なかなかそうはいかず、そのために若い男と浮気をして既成事実をつくり、離婚せざるを得ない状態をつくって思いを果たしたっていう……」

一気に口に出した。一気でなければ、話せないような気がした。

「その通りだけど、肝心なことがひとつ、抜けてるわ」

正面から冬子が顔を見つめてきた。

「私が嫁いだ先を出ようと決心したのは、行ちゃんの出所が迫っていたから。私と行ちゃんは恋人同士だった。それなのに行ちゃんが罪を犯して……だから私は居ても立ってもいられなくなって無茶なことをした。そういうことなんだけどね」

冬子は淡々と話した。衒《てら》いも気負いも感じられない、正直な口調だった。

「それは、知りませんでした」

上ずった声を出すと、

「いろんな噂《うわさ》が飛んでるから……それに、どういう加減か、それほど好きだった行ちゃんと、私はまだ一緒になっていないから。そのせいもあって、肝心な部分が消えていったのかもしれない」

低すぎるほどの声でいった。

行介のほうをちらっと見ると、両腕を強くくんで、口を引き結んでいた。

「それで――そんなワケアリの私たちのところへ、同じようにワケアリの玲子さんは、どんな話をしにきたのかな」

おどけたような口調で冬子はいった。

「すみません。冬子さんたちに較《くら》べたら、私の事情なんてしれたもんですけど」

と前置きをして、玲子は自分のことを話し始めた。

自宅アパートに戻った玲子は、キッチンのイスに座って先ほどまでの珈琲屋での会話を反芻《はんすう》する。

玲子はまず、自分の結婚のことから話を始めた。

都内の高校を卒業して食品卸の会社に就職した玲子が結婚したのは、二十三歳のときだった。相手は同じ会社の営業部にいる静一《せいいち》という男で、年は玲子より六つ上だった。どこといって特徴のない男だったが、玲子に対する気持は熱かった。

「新入社員のころから好きだった。必ず幸せにしてみせる。海外旅行にだって連れていくし、もちろん、浮気なんかは絶対にしない。死ぬまで玲子さん一本で押し通すことを誓うから」

これが静一のいつも口にする、玲子に対する口説き文句だった。

この言葉に押されるように玲子は結婚を承諾し、当時新築だった、この商店街裏の都営アパートに住居を定めた。

もともと静一は真面目な性格で、玲子に対する口説き文句も忠実に守って、二人は波風のない平和な毎日を送っていた。

問題がおきたのは結婚して、十年ほどが過ぎたころだった。二人の間には、なかなか子供ができなかった。玲子は子供が欲しかった。あとは医者頼みしかなかった。

最初は渋っていた静一をせきたて、二人で病院の門をくぐって検査を受けた。静一のほうに、精子減少症という結果が出た。

「普通の人より精子が少ないというだけで、これは病気ではないことを、まず認識してください。ご主人の場合、これに精子の運動量が低いということも加わって、普通より妊娠しにくい状況になっています」

担当の医者はこんなことをいい、

「でも、しにくいだけで、確率は低くても妊娠の可能性は充分にありますから」

こういって診断を締めくくった。

だが、それから数年たっても妊娠の兆候はなく、仕方なく玲子と静一は神様にすがる思いで、人工授精を受ける決心をした。

三度受けたが、失敗に終った。もう一回と玲子がいったとき、静一が首を横に振った。二人とも、体力的にも精神的にも参っていることは確かだった。それに人工授精には、けっこうな金額がかかった。

玲子は子供を諦めた。

この直後から静一が荒れるようになった。

手をあげることはなかったが、わけもなく怒鳴りちらすようになり、深夜まで酒を飲んで帰宅が遅くなる日がつづいた。しかし玲子は静一を咎《とが》めなかった。静一が男としての自信を失っていたことはわかっていたし、心が荒れていることもわかっていた。

静一の荒れは半年ほどで収まり、その後は急に無口になった。必要以外のことは喋《しゃべ》らなくなり、玲子の顔を真直ぐ見ることもなくなった。

静一はひっそりと暮し、玲子も静一に合せて静かすぎる毎日を送った。覇気も張りもない日が淡々とつづいた。やりきれなかったが、文句のいいようがなかった。静一は仕事が終れば寄り道もせずに真直ぐ家に帰ってきた。夕食もきちんと家でとり、無駄遣いも一切していないようだった。

その静一の帰宅が、一年半ほど前から遅くなる日が出てきた。週に数回は終電ぎりぎりの時間に帰ってきた。

「いったい、何をやってるの」

あるとき訊いてみると、

「残業、つきあい、その他諸々だよ——」

と、ちょっときまり悪そうに答えた。

「その他諸々って何よ」

口を尖らせていうと、

「諸々は諸々だよ——他に答えようはないよ」

困ったような顔でいうが、その表情のなかに、ほんの少し笑みのようなものが浮んでいるのを玲子は見逃さなかった。気になった。が、これ以上の追及は避けた。どうせ冷えきった関係の夫婦なのだ。どうでもいいような気がした。

玲子が切れたのは、これから少しあと。今から一カ月ほど前だった。

遅くなって帰ってきた静一の体から、香水の匂いが微《かす》かにした。ざわっと胸が騒いだ。背筋が寒くなるのを覚えた。

「何よ、この匂い」

押し殺した声が出た。

「あなたの体から、香水の匂いがする。いったいどういうことなのよ」

「それは……」

明らかに静一は動揺していた。

「それは多分、会社で化粧の濃い女性が電話を使って、そのあとに俺が、その受話器で話をしたから。それで移ったんじゃないかな」

こんな説明を静一がした。

「会社にそんな濃い化粧でくる人なんて、いるわけがない」

思わず大声をあげると、

「いるんだよ、今の時代には。化粧っていうのは極めて個人的なことだから、会社も文句はいえないんだよ」

すらすらと静一は答えた。

「嘘《うそ》よね、それ」

真正面から静一を睨《にら》みつけた。

「女よね。あなた、浮気をしてるわよね。私との約束を破って」

「何だよ、その約束ってのは」

静一も玲子の顔を睨みつけてきた。これは切れる寸前の表情だった。

「結婚する前の約束よ。自分は絶対、浮気はしない。私一本で押し通すという」

吐き出すようにいった。何だかむしょうに悲しかった。

「知らねえよ、そんな黴《かび》の生えたような約束。今更、そんな話を持ち出してくるなよ」

静一の口調が荒っぽくなった。

ふてぶてしさが露《あら》わになった。

目の奥が熱くなるのを、玲子は感じた。

「そんな欠陥品の体で、よく浮気なんかする気になったわね」

いってはいけない言葉を、勢いで玲子は口にした。

静一の顔が一瞬で青ざめた。そして、

「若い子を抱けば、中年女と違って子供ができるかもしれない。そう考えたんだよ」

怒鳴り声をあげた。

「若い子なら子供ができるって。それなら、そのできた子は、どうするのよ」

「育てればいいじゃないか。念願の子供なんだから」

「誰が育てるのよ。私に育てろって、あなたはいうの」

叫び声をあげた。

体が震えているのが、わかった。

「それは……」

静一は、くぐもった声をあげてから、

「もう、寝るから」

さっと背中を向けた。

いつからか、夫婦の寝室は別になっていた。

こんな話を玲子は、冬子と行介にした。

「二人共、子供のことで苦労してきたのはわかるけど。欠陥品って、いいすぎたよね」

話を聞き終えた冬子は、こういった。

「はい、私もそれは反省してますけど、つい、口が滑って」

神妙な声でいう玲子に、

「向こうも気が立っていて、それで若い子と浮気などという言葉は出したものの、それも売り言葉に買い言葉の類いじゃないですか」

行介が諭すようにいった。

「じゃあ、香水の匂いはどう説明すればいいんですか」

玲子は行介を睨みつける。

「それは静一さんがいってたようなことが、たまたまおこって——俺たちの若いころにも、長電話をしていた中年のおばさんの後に公衆電話のボックスに入ると、香水の匂いがきついことはあったし」

弁解するようにいう行介の言葉を追いやるように、

「そんなことより、玲子さんは私にいったい何を話したいの。さっきの話で終りってことじゃないですよね」

冬子はいって、よく光る目で玲子を見つめてきた。

「実は……」

玲子はちょっといい淀んでから、

「冬子さんに、浮気についてのあれこれを教えてもらおうと、それで……」

蚊の鳴くような声でいった。

「私が、とんでもない性悪女だから」

玲子の顔に視線を当てたまま、冬子はいった。

「いえ違います。宗田さんも冬子さんも、私は悪い人だとは思っていません。ただ、修羅場をくぐってきた人であることは確かだと考えて。お二人の前なら、どんな、とんでもないことをいっても笑われることもないし、無視されることもないだろうと思って。だから私は、この店へ、背中を押してもらうつもりで……」

上ずった声だったが、玲子はゆっくりと二人に話した。

「背中を押してもらうつもり……」

冬子は独り言のようにいってから、

「わかったわ——それで、玲子さんは私に浮気の何を訊きたいの」

小さくうなずいてみせた。

「仕方を教えてほしいんです。厚かましいお願いだとはわかってますけど、私は恋愛経験が少なくて、男の人とどうつきあったらいいのかよくわからないんです。それに、こんなこと誰に訊くわけにもいきませんし」

肩をすぼめていった。

「ということは、静一さんの浮気に対して玲子さんも浮気をし返す——そういうことなんですか」

落ちついた口調でいう冬子に、

「そういうことです。そうでもしないと私の気持が収まりません。というより、心が壊れてしまいそうな気がします。あの、薄情男に一矢を報いてやらないと」

興奮気味に玲子は答え、沈黙が周りをつつんだ。

「わかったわ。協力します」

少しして、何でもないことのように、冬子はいった。

「おい、冬子」

カウンターの向こうの行介が、咎めるような声をあげた。

「大丈夫よ、玲子さんなら」

冬子は意味不明のことをいったあと、

「目には目——薄情男には、それくらいの制裁を加えてやらないと辻褄《つじつま》が合わなくなる」

じろりと行介を睨んだ。

怖い目だった。この人も同じような問題を抱えているのでは。おそらく、この行介との間で……玲子はそんな気がした。

「女の浮気なんて簡単。男は女と違って、好みの相手でなくても簡単に誘いに乗ってくる生き物だから——これはと思った相手を見つけたら、意味ありげな素振りを——」

と冬子がいったところで、

「相手はもう決めています。多分、私に好意を持っているはずです。だから、そういう相手に対しての対応というか、何というか」

慌てて玲子はいった。

「へえっ、決まってるんだ。それで、その人ってどんな人なの」

興味津々の顔で冬子が訊いてきた。

「店で一緒に働いている、林田《はやしだ》君という、まだ若い人です」

恥ずかしそうに玲子はいった。

店というのは近所のスーパーで、玲子はそこで午後の三時から七時までの間、レジ打ちのパートをやっていた。

静一の勤める、決して大きいとはいえない食品卸会社の給料でも、子供のいない夫婦二人だけならどうにか生活を切り盛りすることはできたが、問題は老後だった。子供がいないということは、いざというときに頼れる者は誰もいないということだった。そんな状況を何とか回避するために、わずかでも貯えを増やそうと十年ほど前からやり始めた仕事だった。

そのスーパーに三カ月ほど前、中途入社してきた林田保彦《やすひこ》という若い男がいた。年は二十四で背は低かったが、くりっとした目の可愛いかんじの男の子で全体的に嫌みがなく爽やかだった。

その保彦の視線が玲子は気になった。

ふと気がつくと、保彦の大きな目が玲子を見ていた。目が合うと保彦は、すぐに視線をそらすが——そんなことが毎日つづいた。年が二十近く離れた保彦が自分をとは思うが、どう考えても熱い視線だった。

そのことを正直に冬子に話すと、

「へえっ。玲子さん、まだまだ、モテているんだ」

目を輝かせた。

「その保彦君が本気なのか遊びなのかはわからないけど、浮気が目的の玲子さんにしたら、どっちでもいいはずよね。好感度抜群の、若い子みたいなようだし」

大胆なことを冬子がいった。

「ええ、まあ」

玲子の曖昧な返事に、

「決して欲は掻《か》かないこと。それが浮気の大前提。心も体もなんて考えたとたん、修羅場になることも多々あるから」

釘を刺すようにいい、玲子はそれに素直にうなずく。

「なら話は簡単。とにかく、その子に優しく接すること。そして、二人きりになれる場をつくること。それが整ったら、ゆるいボールを投げてやればいいのよ。たとえば

――」

真直ぐ玲子の顔を見ながら、

「私のこと、気に入ってるの？――これだけいえば何とかなるはず。あとは、臨機応変に振るまえば、それでよし」

冬子は大きくうなずいて、こういった。

そんな様子を行介が、心配そうな面持ちで眺めていた……。

キッチンのイスに腰かけながら、玲子は小さな吐息をもらす。

「私のこと、気に入ってるの……か」

口のなかだけで呟《つぶや》いてみる。

冬子が教えてくれた、魔法の言葉だ。

誰もいるはずのないキッチンを、玲子はきょろきょろと窺《うかが》う。そして、背筋を伸ばし、冬子から教えられたその言葉を、今度はちゃんと声に出して何度も何度もいってみた。


スーパーに出勤し、更衣室から店着に替えて出てくると、ちょうど保彦が歩いてくるのに出くわした。チャンスだった。

「保彦君、忙しそうね」

と優しく声をかけてみる。

「あっ、奥村さん」

保彦の顔がぱっと輝く。いかにも嬉しそうな顔だ。可愛いなと玲子は、ふと思う。やはり、好感度抜群だ。

「いえ、そんなに忙しくはないんです。暇な時間があったら倉庫に行って、食品の並び具合をその目で確かめてこいっていわれてまして……」

と恥ずかしそうな様子でいった。

玲子はちらっと腕時計に目をやり、

「それなら、私も一緒に行こうか。少しぐらいなら時間もあるし」

機嫌よくいうが心臓のほうはかなり騒いでいて、喘いでいるかんじだ。

「本当ですか。奥村さん、一緒に行ってくれるんですか」

ごくりと、保彦が唾を飲みこむのがわかった。

とたんに玲子は心臓の喘《あえ》ぎが、すっと収まっていくのがわかった。いきなり余裕が出てきたような、不思議な感覚だった。

「じゃ、行こ」

子供のような弾んだ口調でいい、玲子は保彦と並んで歩き出した。小柄な保彦は、玲子よりほんの少し背が高い程度だった。妙ではあったが、余裕の大きさがさらに増した。

倉庫に入ると、何人かが商品の入った籠を載せたカートを押して行ったりきたりしている。

玲子はなるべく人のこない奥のほうへゆっくり歩きながら、商品棚の説明をする。保彦はそれを、いちいちうなずきながら真剣に聞いている。

倉庫のいちばん奥まできた。この辺りに人は誰もいない。

「保彦君は、彼女はいるの」

思いきった質問が、口から自然に出た。

「いませんよ。僕はあんまり格好よくないし。顔のほうも、イケメンじゃないし」

掠れた声でいった。

かなり緊張している様子が伝わってきた。

「イケメンじゃないけど、けっこう可愛い顔をしてるじゃない。私は保彦君のそういう顔、嫌いじゃないわ」

大胆な言葉が口から出てきた。

「えっ、そうなんですか」

また保彦が、唾を飲みこむのがわかった。

ごくりという音を、聞いたような気がした。

「ひとつ、訊きたいんだけど」

真直ぐ保彦の顔を見た。

「保彦君は、私のことを気に入ってるの」

冬子から聞いた、あの言葉を出した。

薄暗い倉庫のなかでも、保彦の顔が赤く染まるのがわかった。

「僕は奥村さんのことを……」

喉につまった声を保彦は出した。

「大好きです。この会社で初めて見たときから、好きになりました。僕は子供っぽい性格のせいなのか、年上の女性が大好きで。だから奥村さんを」

つかえつかえ、保彦はいった。

玲子の全身を満足感が突きぬけた。不思議と達成感は伝わってこなかった。余裕が、想像していた通りの成り行きで、それを抑えこんでいるだけなのかもしれなかったが。

玲子はすぐ前の保彦の顔を、じっと見つめた。保彦は恥ずかしいのか、目を伏せて唇を力一杯嚙《か》みしめている様子で、まともに玲子の顔は見られないようだった。

玲子は保彦に一歩近づいた。

両腕で保彦の体をそっと抱きしめた。

「あっ」という保彦の悲鳴に近い小さな声があがった。

すぐ前に保彦の唇があった。

玲子は自分のほうから、その唇に唇を密着させた。ゆっくりと舌で保彦の唇を押し開け、柔らかで濡《ぬ》れたものをさし入れた。保彦が夢中でしがみついてきた。強い力で玲子の舌を吸ってきた。

だが玲子にはまだ余裕があった。

保彦と唇を合せながら、忙しく左右の目を動かして周りに気を配った。こんなところを誰かに見られれば、大変なことになる。それだけは避けなければ。

玲子の余裕がなくなったのは、保彦の手がスカートのなかに伸び、下着に触れてきたときだ。

「そこは駄目。もっと時間をかけてから。だから、そこはまだ駄目」

上ずった声でいった。

ここまでは、まったく想像していなかった。

玲子の言葉に保彦は慌てて、手を離した。

「すみません。やりすぎました」

泣き出しそうな声でいう保彦に、

「絶対駄目っていってるわけじゃないから。今日は、まだ早すぎるってことだけで、保彦君が、しょげる必要はまったくない。元気を出して」

背中をポンと叩いた。

「はい、ありがとうございます」

頭を下げる保彦に、

「じゃあ、戻ろうか。みんなに変に思われるとまずいから」

先に立って歩き出した。

玲子には珈琲屋で冬子に話していない秘密が、ひとつあった。とても大切なことが。

本音をいえば、浮気というのは玲子にとって前段階のようなものだった。玲子の本心は子供だった。

浮気をして子供をつくる。

玲子の体は健康そのものだった。静一以外の男が相手なら、子供は必ずできるはずだった。そして玲子は、その子と二人で……子供さえいれば、あとはどうでもよかった。

玲子は四十二歳——年齢を考えると、最後のチャンスといえた。

とにかく子供が欲しかった。

それが玲子の真の目的だった。


静一との間は当然のことながら、すっきりしない。

相変らずの冷めた関係で、必要以外の会話はほとんど交さない。

少し変ったのは静一の帰宅時間の遅くなる頻度が前より増えたことだった。週に数回程度だったのが、近頃ではほとんど毎日といっていいほどになっている。早く家に帰っても面白くないことはわかっているが、それにしても……。

「よほど会社が忙しいんだね。この分だと、次の給料日が楽しみだよね」

夕食後、皮肉まじりにこういってやると、

「ほとんどがサービス残業だよ。まともな残業代を払っていたら、うちみたいな中小企業は生き残れないことぐらい、お前だってわかってるはずだろう」

静一はこう反論したが、口調に力は感じられなかった。

「そりゃあ、まあ、そうだろうけど」

玲子は言葉を濁すように答える。

「儲《もう》かっているのは一部の大企業だけ。ほかはみんな、じっと耐えているんだ」

ここまでいわれれば、何もいえなくなる。押し黙るより仕方がない。そんな玲子の顔をちらっと見つめ、

「それに……」

と静一が上ずった声を出した。

「それに、何なの」

反撃できるかもしれないと、玲子が声を張りあげると、

「いや、何でもないよ」

静一は肩を落としてうつむいた。

その様子がいかにも淋しげに見えて、何か言葉でもかけてやろうと思ったが、ぐっとこらえて口を引き結んだ。何といっても静一は誰かと浮気をしているかもしれないのだ。甘い言葉をかければ、つけあがるにきまっている。それに自分は……。

「何かいいたいことがあるのなら、はっきりいってよ。気持悪いじゃないの」

「いいたいことは……」

静一はぼそぼそといってから、

「何にもないよ。単なる言葉の綾だよ。気にしなくてもいいよ」

小さな溜息をもらした。

「何でそこで、溜息が出るのよ――だから、何か私に文句があるのなら、遠慮なくぶちまけたらっていってるんじゃない」

言葉がつい高飛車になった。

自分はこの人を、いたぶっている。そう感じはしたが、胸に湧いてくる荒々しい感情を抑えることはできない。

「お前のいっていることは、ヤクザがつける因縁《いんねん》と同じだよ。こじつけだよ。何の根拠もない、言いがかりだよ」

弱々しい声が返ってきた。

「根拠はあるじゃない。あなた、若い子と浮気してるんでしょ。現にこうして、遅く帰る時間も増えてるじゃない」

「それは……」

喉につまった声を静一は出した。

「ほら、ぐうの音も出ないじゃない」

勝ち誇ったようにいうと、

「それは、悪いのは俺だから。俺が全部悪いんだから、仕方がないと思ってるよ。お前を幸せにしてやれなかったのは、すべて俺のせいだから、その点はこうして謝るよ。本当に悪かったよ」

静一は頭を下げて玲子に背を向けた。

このとき玲子は妙な気分に襲われた。

幸せにしてやれなかったと、静一はいった。

話が大げさすぎる……と考えてみて、精子減少症という言葉が胸をよぎった。当然といえば当然ともいえるが、静一はあのことをまだ、引きずっているのだ。少しかわいそうな気もしたが、それはそれで仕方がないと自分の心を鼓舞する。ここは心を鬼にしなければ、あの件は実行できない。

保彦との間は、あれから数度倉庫の奥でキスは交したが、それ以上の進展はない。何といっても初めての経験なのだ。そう簡単に事をおこすことはできないが、もう一度誰かに背中を押してもらえば——。

となると珈琲屋しかなかった。

昼食を終えて、珈琲屋に行ってみると残念ながら、冬子の姿は見当たらなかった。ちょっと気抜けした思いを胸にしながら、玲子はブレンドコーヒーを行介に頼んで、カウンターの前に腰をおろす。

しばらくすると「熱いですから」という行介の声と一緒に湯気のあがるカップが玲子の前にそっと置かれる。

「いただきます」

といって玲子はカップを手に取って口に持っていく。なぜか先日のようなおいしさは感じられない。ただ、熱さだけはあった。熱さだけが口のなかに残るコーヒーだった。

「どうですか、その後」

行介が遠慮ぎみに、訊いてきた。

「ええ、まあ、順調ですね」

コーヒーカップを皿に戻し、玲子は曖昧に答える。

「玲子さんは――」

ちょっと口をつぐんでから、

「先日の、あの計画を本当に実行に移すつもりですか」

訊きづらそうに行介が口にした。

「もちろん、そのつもりでいます。目には目を、歯には歯をです」

思わず背筋を伸ばして答えた。

「本気なんですね」

行介が真直ぐ玲子の目を見た。

「後味の悪いものだと、思いますよ」

はっきりした口調でいった。

「俺は今でも自責の念に、駆られています。ひとときもあのことを、忘れたことはありません――もちろん、俺の犯した罪と浮気を較べるには無理があるかもしれませんが、それでも根の部分は同じような気がします」

根の部分は同じだと行介はいった。

「ご主人が浮気をしたから、自分も仕返しのために浮気をする。一見辻褄は合っているようにも思えますが、俺はまったく違うような気がします。それは単なる復讐であって、夫婦の間でやることじゃない。夫婦というのは何か問題がおきたら、互いに罵倒しながら、取っくみあいをしながらも、それを何とか乗りこえていく存在じゃないかと思います。綺麗事かもしれませんが、何十年も一緒に暮していくんですから、ひとつぐらいは綺麗事の部分があったほうがいいような気がします」

行介は一気に話してから、肩で大きく息をした。

「綺麗事の部分が、ひとつぐらいはですか」

呟くように玲子がいうと、

「すみません。まだ結婚もしていない俺が偉そうなことをいって」

行介はぺこっと頭を下げた。

「そうですね。行介さんはまだ、結婚の怖さ、夫婦の疎ましさを知らない——でも、ひとつぐらいの綺麗事というのは、よくわかるような気がします。それを互いに大事に抱えていけば、何か事がおきても何とか収まるような気も。それにはまず、これを乗りこえていくんだという、たったひとつの綺麗事をお互いが持つことが大事だというのも理解はできます。でも、綺麗事は所詮、綺麗事ですから、もろいもんですよ」

玲子も一気にいった。

「もろいものだから、大切にするんです。しがみつくんです。二人して必死で抱えこむんです。たとえそれが理不尽な行動であったとしても」

申しわけなさそうに、行介がいった。

要するに行介は夫婦であるなら、事がおきたら互いに七転八倒しながらも、まず乗りこえていく方法をとれといっているのだ。まさに綺麗事の正論だった。こう大上段からいわれると、反論のしようがなかった。綺麗事だと揶揄《やゆ》することはできても、否定はできなかった。

玲子は一息ついて、カップに残っているコーヒーを飲みほした。おいしくなかった。冷めている分だけ、不快感が増した。

「それはそれとして、今日冬子さんはいらっしゃらないんですか」

この場の雰囲気を追いやるように、玲子は話題を変えた。

「毎日一度は顔を見せるんですが、今日はまだきてないですね。店のほうが忙しいのかもしれませんね」

低い声で答える行介に、

「立ちいったことをお訊きしますが、行介さんはなぜ、冬子さんと結婚しないんですか。見ている限り、すごく好きあっている二人のように思えるのに」

気になっていたことを、単刀直入に訊いた。

「それは――」

行介は一瞬いい淀んでから、

「俺は幸せになってはいけない、人間だから」

ぽつりといった。

「どんな理由があるにしろ、俺は一人の人間の命を奪った男です。さっきもいったように俺はそのことを片時も忘れたことはありません。そんな俺が冬子と結婚して幸せになるなど――そんなことはあってはいけないんです」

言葉を嚙みしめるように行介はいった。

「でもそれはもう服役ということで、罪の償いはすましているんじゃ」

思わず高い声をあげると、

「確かに法の裁きは受けています。でもそれで罪がなくなったわけじゃありません。自分の犯した罪は未来永劫、その人についてまわります。だから俺は――」

ぷつりと言葉を切った。

「でもそれじゃあ、冬子さんが」

「冬子には申しわけないと思っていますが、今のところ、俺にはまだ。それに冬子も俺の気持はわかっているはずです。渋々ではあるだろうけど」

そういうことだったのだ。

行介のいうことは、あるいは綺麗事なのかもしれなかったが、もしそうだとしても凄《すさ》まじいほどの精神力だった。

「何かを得るということは、何かを失うことでもあるんですよ。逆に、何かを失うことは何かを得ることでもあるんです」

行介は玲子の顔を凝視するように見ながら、こんな言葉をつけ加えた。このとき、玲子の胸の奥がざわっと騒いだ。保彦とのことで、すでに自分は何かを失っているのでは……そんな思いが、ぐるりと頭をめぐった。ひょっとしたら、さっきの。

どきりとした。

コーヒーの味だ。

いつもならおいしいはずのコーヒーが、熱さしか感じられなかった。ささいなことかもしれなかったが気になった。そしてもし、保彦と深い関係になったら、更に保彦との間に子供ができたとしたら、自分はいったい何を失うことになるのか。

「玲子さん、どうかしましたか。よかったらサービスで、新しいコーヒーでも淹《い》れましょうか」

行介の言葉に玲子は我に返る。

「あっ、いいえ、けっこうです。そろそろ仕事に行かなければなりませんから」

コーヒーを飲むのが怖かった。また熱さしか感じられなかったら……それに時計は二時を回っていた。少し早いが、玲子は仕事場に向かおうと思った。こんなときこそ、冬子と話がしたかったが、いないものは何ともしようがなかった。

仕事場に行き、店着に替えて更衣室を出ると、待ち構えていたように保彦が立っていた。

すがるような眼差しを玲子に向けてから、倉庫に向かって歩き出した。合図だった。倉庫の奥で待っているという。

数分遅れて玲子も倉庫に向かい、人気のない奥のスペースに入りこむ。すぐに荷物棚の陰から保彦が出てきて、玲子の体を抱きしめ、唇を合せてきた。

ひとしきりキスをしたあと、保彦は玲子の首筋《じ》に唇を這《は》わせてきた。今までは唇だけだったのだが、珍しいことだった。何となく焦れているような様子だった。

ふいに保彦が玲子のスカートのなかに手を入れてきた。強い力で下着に触れた。

「駄目、そこは」

慌てて耳元で、玲子が嚙みつくようにいった。

保彦の手が下着から離れた。

「駄目、駄目って。いったい、いつになったら許してくれるんですか」

なじるように保彦がいった。

「今はまだ、心の準備ができてないから。あともう少し」

掠れた声でいう玲子に、

「結局そうやって、いつも延ばして。ひょっとして奥村さんは、僕をからかっているだけなんですか」

保彦は不満げな顔で口を尖らせた。

「からかってなんかないわよ。私は本当に保彦君のことが大好きなんだから」

狼狽《ろうばい》する玲子に、

「それなら、ちゃんとした場所で、ちゃんと抱かせてください」

決定的な言葉を保彦は出した。

「そうね。こんな場所でこそこそしていたら、いつ誰に見られるかもしれないし。そろそろね」

いいながら玲子は、急いで考えをめぐらせる。が、何も浮んでこない。それにここまできたら、もう考えることなど何もないはずだった。保彦と深い関係になって、子供をつくる。

目的はこの一点なのだ。

しかし、子供ができれば静一とは別れることになるはずだ。はたして自分一人で、子供を育てることができるものなのか。それに保彦は、そのとき……。

「ねえ、保彦君」

玲子は優しい口調でいって、保彦を見る。そして、恐る恐る口を開いた。

「もしその結果、子供ができるようなことになったら、保彦君はどうするつもり。私はそうなったら、保彦君の子供を産みたいと思っているけど」

とたんに保彦の表情に、緊張感のようなものが走るのがわかった。

「そのときは――」

保彦が上ずった声を出した。

「そのときは奥村さん……ご主人と別れることになるんですよね」

低すぎるほどの声でいった。

「そうね。多分、そういうことになるでしょうね」

玲子も低い声で答えた。

「なら、責任をとって、奥村さんと一緒になるしかないですね」

消極的ないい方だったが、一緒になるという言葉を保彦は口から出した。正直いって嬉しかった。嘘か本当かはわからなかったが、保彦にここまでいわれれば腹を括るしかなかった。

「じゃあ、やろ。保彦君の今度の早番の日は、いつなの。私はそれに合せるから」

できる限り落ちついた声でいったつもりだったが、玲子の心臓の鼓動は耳に聞こえるほど速かった。

「四日あとの、金曜日ですけど……」

くぐもった声が耳を打った。

「じゃあ、その夜、どこかで待ち合せて。それから……」

ようやくこれだけいうと、保彦がぶつかるようにして玲子にしがみついてきた。

「やっと奥村さんと、ひとつになれる」

息をはずませていい、

「奥村さんの心臓、すごい音を立てている」

驚いたように玲子の顔を見た。

「そりゃあ、そうよ。他の人とそんなことするの、私初めてだもの。心臓だって、びっくりするわよ」

正直なことを口にすると、幾分鼓動が収まってきた。

「実は僕も初めてです。正真正銘、奥村さんが僕の初めての人です」

ちょっと恥ずかしそうに、保彦がいった。

「へえっ、そうなの」

と口にしたとたん、体がすうっと軽くなって玲子は落ちつきを取り戻した。

「ところで、本当に保彦君は、私と一緒になる気があるの」

気になっていたことを口にした。

「本当です。もし、子供ができてしまったら、それしかないと思っています」

はっきりした口調でいった。

やや消極的ではあったが、気持のいい言葉だった。そのとき玲子の脳裏に行介のいった、あの言葉が浮んだ。

何かを得ることは、何かを失うこと……。

私はいったい何を得て、何を失うのか——簡単な引き算と足し算だった。静一という男を失い、保彦という男と子供を得る。どこからどう考えても、得るもののほうが多く感じられた。そう思った。

「じゃあ、四日後を楽しみにして」

玲子はこういって保彦をうながし、その場を離れた。

木曜日——。

昼食を終えてから珈琲屋に顔を出すと、カウンターの前に冬子がいた。幸い、他に客は誰もいない。

ほっとする思いで玲子は冬子の隣に座り、行介に向かって「ブレンドを」と声を張りあげる。

「今日は、えらく元気がいいですね、玲子さん」

サイフォンにコーヒーをセットしながら声をかける行介に、

「だって、今日は唯一の味方である冬子さんが、そばにいるから」

玲子は機嫌よく答える。

「味方かどうかは何ともいえないけど、よき理解者であることは確かよね」

冬子も機嫌よく答える。

「先日は行介さんに、今回の件のことをボロクソにいわれて相当落ちこんだけど、今日は隣に冬子さんがいるから一安心」

「ボロクソって、いったい何をどう、行ちゃんにいわれたの」

どうやら冬子は行介からあの日のことを何も聞いていないらしく、興味津々の表情で身を乗り出してきた。玲子はすぐに、先日の行介とのやりとりを冬子に話して聞かせる。

ちょうどその話が半分ほどすんだころ「熱いですから」という行介の声と同時に、湯気のあがるコーヒーがカウンターに置かれた。が、玲子はそれどころではない。話のつづきを冬子に伝えるのに一生懸命だ。

玲子が話し終えると、すぐに冬子が口を開いた。

「いろんな意味で難しいなあ。夫婦のあり方と、失うものと得るものなんて……私と行ちゃんのことをいえば、私は離婚というもので自由は得たけど、行ちゃんとの結婚は失った。不思議な話ではあるけれど、行ちゃんの生き方の芯の部分が、その綺麗事という言葉そのものだから、それはそれとして今のところ、傍観しているより術はないわね」

冬子は、今のところという部分を強調してから、

「でも、玲子さんの場合の損得勘定は、どうなんだろうね――で、現在の玲子さんの状況はどうなってるんですか」

矛先を玲子に向けてきた。

「実は――」

といって玲子はまず、先夜の静一とのことを、ざっと冬子に話して聞かせた。すると、

「へえっ。ご主人、素直に玲子さんに謝って頭を下げたんだ。いいところ、あるじゃないですか」

はしゃぐような声でいって、冬子の顔が綻《ほころ》んだ。

「謝るのはいいんだけど……お前を幸せにしてやれなかったのは、すべて俺のせいだといわれても具体性にかけて、正直いって実感が湧かないのも確か」

「それはそうかもしれないけど、幸せってとてもいい言葉じゃないですか。とても温かくて、とても人間らしくて。私は好きだなあ、この言葉」

嬉しそうにいう冬子に、

「そうかもしれないけど、本人の帰りはいまだに遅くて、いったい何をしているのやら。確かに残業はあるかもしれないけど、こう連続してつづくと……」

吐き出すように玲子はいった。

「じゃあ、それはそれとして、肝心の浮気の件は進んでいるの。どうなったんですか」

真直ぐ玲子の顔を見つめてきた。やけに真剣そうだった。

「その件は」

といって、明日のことは口に出さず、幾度かのキスの件だけを正直に話した。

「へえっ、そこまで行ってるんだ」

話を聞いた冬子の第一声がこれだった。

「冬子さんの助言通り行動したら、そういうことになりました。本当に、ありがとうございました」

玲子は照れながらいって、頭を下げる。

「じゃあ、玲子さんも、それで少しは、すっきりしたんじゃない」

笑顔を浮べて冬子はいった。

「はい、少しは……」

「じゃあ、思いきって、これで打止めにするってことでどうですか」

思いがけない言葉を冬子が出した。

「これで打止めって……背中を押してくれた冬子さんの言葉とは、到底思えないんですけど」

呆気《あっけ》にとられた思いで玲子は口に出す。

「このあたりが、玲子さんにとっても周りにとっても、いちばんいい潮時のような気がするから。大事にならない、このあたりでやめるのが」

玲子の頭は混乱した。

今になって冬子が、こんなことをいい出すとはまったく理解できなかった。あれほど強く背中を押してくれた冬子が。

カウンターに置かれたコーヒーカップを手にして口に持っていき、ごくりと飲みこんだ。コーヒーはぬるかった。正直いってまずかった。これはやはり、何かを失ったせいなのかと考えてから、ただ単にぬるくなったからまずいのだと、自分に強くいい聞かせた。

「赤ん坊のこともあり、ご主人に浮気の疑いがあることもあり、玲子さんの心は乱れきっていた。だから私は何とかしなければ家庭が壊れると思い、玲子さんの背中を押した――いくら口で諭しても玲子さんは聞く耳を持たないだろうし、何かのショック療法を与えたほうがいいと思って」

淡々と冬子は話をした。

「その結果、玲子さんは若い子とほんの少し悪さをした。そして、ほんの少し悪さをすれば、必ず私に報告するだろうと踏んでいた。その報告を受けた時点で、浮気をやめさせれば――ごめんなさい。私は最初から、そう考えていた。だから、玲子さんの背中を押した。私の本心をいえば、そういうことなんです」

玲子に向かって、冬子は深く頭を下げた。

「冬子、お前……そういうことだったのか」

カウンターのなかから行介が、叫ぶような声をあげた。

「ほんの少しの悪さなら、小さな負いめだけで収まるでしょ。小さな負いめでも、それがあればご主人に辛くあたることも少なくなり、優しく接することも可能なはず。でもそれが、本当の浮気にまでいってしまったら取り返しは……」

冬子は行介に向かって、うなずいた。

「あとは行ちゃんがいったように、綺麗事の部分を肝に銘じてご主人とじっくり話しあえば、何とか幸せな毎日が取り戻せるはず」

　ここまで冬子がいったとき、

「そんなものは取り戻せない。あの人の心はすでに私から離れている。浮気の疑いがあるのが、その証拠。それにあの人は、幸せにしてやれなくてすまなかったと私に謝っている。幸せにしてくれなかった人と一緒にいたって、この先、幸せになんかなれるはずがない、不幸がつづいていくだけ。それならいっそ、別れたほうが」

　強い声で玲子はいった。

「違うわ、それは違う」

　今度は冬子が大きな声をあげた。

「幸せって玲子さんが考えているような、そんな大きなものじゃない。玲子さんの頭のなかにあるのは楽しさのようなもので、本当の幸せじゃないと思う」

　妙なことをいい出した。

「朝日をあびて、ああ元気が出るなあと思ったときや、夕日を眺めて美しいなあと感じたとき。ご主人がおいしそうにごはんを食べているのを見て、思わず頬が緩んだとき。それに、寒いときに温かな飲物を口にして、ほっと一息ついたときや、他人から受けた思いがけない親切……私はそんな、ささいな歓《よろこ》びが本当の幸せだと思う――そして、そんなささいな歓びは、玲子さんも今までの結婚生活のなかで何度も経験してきたはず。

それを思い出してほしい。そんな小さな歓びの連続が、生きるってことだということを」

一気にいって、冬子は肩で息をした。

「幸せって味わうものじゃなく、そっと噛みしめるものだと思う。だから、行ちゃんと結婚できない私でも、何とか生きていけるんだと思う……こうしてカウンターに座って行ちゃんと話をしているとき、ふっとそんな小さな歓びを感じるときがあるから」

冬子の目は潤んでいた。

「冬子、お前……」

行介が冬子を見た。

冬子も行介を見て、二人の視線が交差した。

今、二人は幸せを噛みしめている。

そう思った。羨ましかった。でも……。

「私は子供が欲しいんです。保彦君との間に子供をつくるんです。それが私の、唯一の幸せなんです。私の目的なんです」

玲子の口から本音が飛び出した。

「子供をつくるのが目的って……それを保彦君は知ってるの。了解を得ているの」

冬子が叫んだ。

「知らせてはいない。でも、もし子供ができれば、私と一緒になってもいいって。そうすれば親子三人……」

「無理。二十近くも年下の男性と一緒になっても、うまくいくはずがない。若い子は世間をまだ知らない。心変りってことも、充分に考えられる。それに、失うものも大きすぎます。失うものは静一さんだけじゃない。これまで二十年の結婚生活で経験した、すべてがなくなるんです。二十年間のすべてのことが」

玲子の両肩に手をかけ、冬子は大きく揺すった。

「もし、うまくいったとしても、玲子さんはそれから一生、良心の呵責《かしゃく》に苛《さいな》まれることになる、私や行ちゃんのように。私は離婚をしてもらうために、一人の若者を道具に使った。これは決して許されることじゃない。その件に関しては、今でも私は……」

泣き出しそうな声を冬子はあげた。

「でも私は、子供が欲しいんです」

玲子はゆっくりと、両肩にある冬子の手を外した。

「私、帰ります。そろそろ仕事に行かなければなりませんから」

掠れた声でいった。

「その前に、これを飲んでいきませんか。コーヒーは人の心を和ませ、落ちつかせてくれます」

いつ淹れたのか、カウンターにコーヒーカップが置かれ、湯気をあげていた。飲みたくなかったが、飲もうと思った。味が知りたかった。

玲子はそっとカップを取りあげ、おずおずと口に運んだ。ゆっくりと舌の上で転がし、すとんと飲みこんだ。

やっぱり、まずかった。

コーヒー代をカウンターに置き、小さく頭を下げて玲子は立ちあがった。

アパートに帰る道すがら、玲子は今日の保彦の様子を思い出してみる。

保彦は上機嫌だった。人目を気にしてか、さすがに必要以外話しかけてくることはなかったが、時折玲子の顔に視線をあてて笑いかけてきた。そのたびに玲子は小さく首を振ってみせるが、これが何を意味する動作なのか玲子自身にもよくわからなかった。

とにかく、決行日は明日なのだ。

そんなことを考えながら玄関の扉を開けると、珍しく静一が帰っていた。

「帰ってたの、何かあったの。相手の女に振られでもしたの？」

憎まれ口が飛び出した。

「そんなんじゃ、ないよ」

静一の言葉を聞きながら玲子はキッチンに行き、テーブル前のイスに腰をおろす。

「じゃあ、何なの」

面倒臭そうに訊くと、

「店が臨時休業になったんだよ」

細い声が返ってきた。

「あなたの相手というのは、スナックかバー勤めの女なの」

荒っぽい声が出た。

「そんなところへ行けるような小遣いを、俺が貰《もら》ってないのは、お前がいちばんよく知ってるじゃないか」

「じゃあ、店が臨時休業っていうのは、どういう意味なのよ」

思わず静一の顔を見ると、

「居酒屋だよ。ここ一年半ほど、俺はサラリーマン相手の居酒屋で、バイトをしてたんだ。接客のな。だから、家に帰るのが遅くなったんだよ。時間給千円の日払いのバイトだよ」

思いがけないことを口にした。

「バイトって……会社のほうは、それを知ってるの。大丈夫なの」

呆気にとられた思いでいうと、

「この不景気だから。二年ほど前から、うちの会社も副業オーケイになったんだよ。だから、そのときから考えてはいたんだ」

こんな言葉が返ってきた。

「じゃあ、あの香水の匂いは？」

勢いこんで訊くと、

「料理をさげに行ったとき、ちょうど外国人のおばさん連中が帰るときで、ワンダフル、ワンダフルって料理をほめて抱きつかれたんだ。それだけのことだよ」

頭を振りながら静一はいった。

「それならそうで、何ではっきりとそのことをいわなかったのよ。若い子を抱けばなんて、訳のわからないことを口にして」

叫ぶような声を玲子は出した。

「売り言葉に買い言葉だよ──何をいっても、お前は聞く耳を持たないような様子だったし。それに、まだお前にはバイトのことを知られたくなかったから」

きまり悪そうにいう静一に、

「なんで私に、知られたくなかったのよ。まったく、訳がわからない」

何だかまた怪しい話になってきて、玲子は口を尖らせた。

「それはあれだよ。今年は結婚二十周年だから、結婚記念日にお前に話して、驚かせてやりたかったんだよ」

まだ、話が見えてこなかった。

「どうしてそこに、結婚記念日が関係してくるの」

玲子の問いに、静一は、照れ笑いのような笑みを浮べて、ポケットから何かを取り出した。預金通帳だった。玲子の知らない銀行の。開いてみると、細かい数字がずらりと並んでいた。五千円ほどのときもあったし、一万円をこえる数字もあった……そんな入金の数字が、びっしりと通帳には記載されていた。

「サービス残業というのも本当のことだったから、週に一回ほどしか行けないこともあったけど、とにかく貰った金はせっせとその銀行に持っていったんだ」

驚くようなことを静一はいった。

「何でこんなに細かい数字が並んでるのよ。月毎にまとめて持っていけば、もっとすっきりして、楽なのに」

「少しでもお金が増えていくのが嬉しかったんだよ。その度に、お前の喜ぶ顔が目に浮んでくるようで。子供みたいな話だけど」

いかにも恥ずかしそうに、静一はいった。

「このお金、いったいどうするために、ためたのよ」

「だから、結婚記念日だよ」

「結婚記念日に、どうするの」

口調が柔らかくなるのを、玲子は感じた。

「俺は甲斐性もないし、子供もつくれないし……」

嗄《しゃが》れた声で静一はいった。

「お前を幸せにしてやることはできなかったから、せめて結婚するときの約束をひとつでも実現させようと……」

「結婚するときの約束って？」

玲子は身を乗り出した。

「お前を幸せにする、海外旅行にも連れていくっていった、あれだよ。幸せにはできなかったから、せめて海外旅行ぐらいはと思って。今まで一度も、そんなところへ連れていったことはなかったから」

ふいに胸の奥が熱くなるのを感じた。

「結婚記念日に、私と海外旅行に行くつもりでバイトをして、ためてたってこと」

ようやく、これだけいえた。

「ひとつぐらいは約束を守らないと、寝覚めが悪いからな」

静一は幾分薄くなった頭を掻いた。

「何で早くいわないのよ。何で本当のことを、きちんといわないのよ」

声が喉につまった。

「さっきもいったように、俺は甲斐性もないし、子供もつくれないから。大きな声では、ちょっとな。だからな」

ぼそっといってから、

「亭主なんていうのは、そんなもんだよ。情けないもんだよ」

泣き笑いの表情を静一は浮べた。

この人も行介同様、綺麗事を守る人。

玲子はそう思った。

「莫迦《ばか》としか、いいようがないみたいよね。あなたって人は」

いいながら通帳の表紙を見ると、名義は奥村玲子となっていた。

目頭が熱くなった。

途方もなく大きな幸せを感じた。

この人と二人なら、子供がいなくても……。

そんな思いが、ふっと胸をよぎった。

玲子は珈琲屋の熱いコーヒーが、むしょうに飲みたかった。

最終家族

まだ胸の鼓動が速い。

大きく深呼吸してから、古びた木製の引戸を開けるとカウンターに客は三人。

「いらっしゃい、矢野《やの》ちゃん」

女将《おかみ》の幸代《さちよ》の声を聞きながら、カウンターのいちばん端っこに政司《まさじ》は腰をおろす。

「今日はいつもより早いのね。まだ夕方の六時前よ」

怪訝《けげん》そうな面持ちで声をかける幸代に、

「ああ、まあ、ちょっといろいろあってね。だから今日は早めに会社を抜けてきた」

できる限り明るく答えるが、これは嘘《うそ》だった。政司は病院からの帰りだった。

「いろいろかあ――そりゃあ、生きていればいろいろあるわよね。嫌なことも、いいことも、苦しいことも、悲しいことも、頭にくることも」

幸代はずらりと言葉を並べてから、

「で、矢野ちゃんのいろいろっていうのは、このなかのどれなの」

覗《のぞ》きこむように顔を見てきた。

「それはまあ……強いていえば、苦しいことというか何というか」

ぼそぼそと口に出すと、

「そうか、苦しいことか――じゃあ、話す気になったら声をかけて。で、いつも通り、生ビールでいいのね」

ふわっと笑って、うなずいた。

「おでんのほうは、ハンペンとチクワ、それに、つみれと……」

威勢よくいったつもりだったが、語尾が掠《かす》れた。

「相変らず、ハンペンが好きなんだね」

いいながら幸代は、政司の前を離れ、しばらくして大ジョッキの生ビールと皿に盛ったおでんを持ってきて、カウンターの上に並べた。

「それで、その苦しいことなんだけど、話す気になった?」

腰に手を当てていった。

こんな格好をすると肝っ玉かあさんっぽく見えるが、幸代は政司よりふたつ下の四十五歳だった。

「今の今で、そんなに心が変ることはないだろ」

ちょっと怒ったようにいうと、

「ごめん。またくるから、そのときにね」

小さく手を振って、幸代は政司の前を離れていった。

詳細はわからないが、幸代は十年ほど前に離婚して、今は高校二年になる一人息子と二人でこの店の二階に住んでいる。政司が住む、この総武線沿線の駅裏にある小さなおでん屋を始めたのもその離婚直後のことで、政司とはそれ以来の気が置けないつきあいということになる。

おでん屋の名前はそのものずばりの『さっちゃん』。気さくで優しい人柄が中年男たちの心をひきつけるのか、客足が途絶えることはなかった。おでんの味はこれといって特別なものではなかったが、とにかく値段は安かった。

それからしばらく、政司はビールをちびちび飲みながら、おでんを口に運んだ。いつもならうまく感じるビールとおでんも、何の味わいもなかった。

ふと気がつくと、幸代が前に立っていた。

「どう、お代りする？」

ビールのジョッキもおでんの皿も空になっていた。三人いた客も、政司一人になっている。

「あっ、ああ、そうするよ」

短く答えると、すぐに幸代は湯気をあげる鍋の前に行っておでんを皿に見つくろい、中ジョッキの生ビールを手にして政司の前にきた。

「中ジョッキか」

ぽつりというと、

「何だか、おいしくなさそうに飲んでたから、だからね」

ビールとおでんの皿を並べながら、柔らかな声でいって政司を見つめた。

「それは、そうだけど……」

ざらついた声をあげてから「実は」といって、政司はビールを荒っぽく喉に流しこんだ。幸代にすべてを話そうと思った。

「癌になった、ステージ・ツーだそうだ」

絞り出すようにいった。

「えっ……」

一瞬、幸代の表情が凍りついた。

「今日は会社を早退して、病院へ行ってきた帰りだよ。だから、こんなに早いんだ」

「ステージ・ツーっていうのは、まだ手術は可能ってことよね」

幾分安堵の声で幸代がいった。

「もちろん手術は可能なんだけど、それで成功したとしても再発の可能性は大きいということで」

情けない声になった。

「今は再発のことなんか考えちゃ、駄目。すぐ目の前の手術のことだけ考えないと。それでこの先の入院とか手術の予定はどうなってるの。それを聞かせてよ」

また腰に両手を当てて幸代はいった。

最初の異状が見つかったのは、ひと月ほど前の会社の健康診断だった。このときはレントゲン撮影と血液検査が主だったが、そのなかに数種の腫瘍マーカーが含まれていて、政司はこれにひっかかって再検査の要請が届いた。項目は胃癌だった。

驚いた政司はすぐに指定された病院に行き、再度のレントゲン撮影、MRI検査、内視鏡による胃の内部の画像診断等を受けた。

また、これによって採取した組織は病理検査に回され、それらを総合した診断結果が今日出るということで、政司は重い気持で病院を訪れた。

担当の井川《いがわ》という四十歳ほどの医師は、検査結果の書類をしばらく見つめてから、

「残念ながら、矢野さんの胃の腫瘍は中期の癌と診断されました」

何気ない口調でいった。

政司の全身が、さあっと凍えた。

腰から下の感覚が、ふいになくなった。

なぜだかわからなかったが、涙が湧いてきて視界が曇り、全身が小刻みに震えている

のを感じた。

「先生、私は死ぬんですか」

「腹膜播種《はんしゅ》はあるものの顕著ではないので、難しい転移はないとは思いますが、なにしろ病巣が広範囲なので油断は禁物です」

それから井川は四十分ほど現在の癌の状況や手術方式などを丁寧に話してくれたが、ほとんど耳には入らなかった。

井川の話が終ったあと、

「あの、先生。わかりやすくいって、ステージはいくつになるんでしょうか」

震える体に力を入れて、恐る恐る政司はこの言葉を口にした。

「ステージはツーです。ですが、進行はしているものの、これを手術で綺麗《きれい》に取り除くことは充分可能だと私は考えています」

「ステージ・ツーですか」

ほんの少し安堵したものの、それでもやっぱり、ステージ・ツーなのだ。決して軽いとはいえぬ状況だった。

「それで近々手術をするということで、奥さんにも詳細をお話ししたほうがいいと思いますので、来週にでも一緒にきてほしいんですが、いつがよろしいでしょうか」

今日は金曜日だった――それなら。

「あの、来週なら今日と同じで、金曜日というのは」

蚊の鳴くような声でいった。

なるべく時間がほしかった。

家族に知らせるにも、会社に事情を説明するにも、とにかく時間がほしかった。来週の金曜日なら、まるまる一週間という時間を手に入れることができた――単なる逃げの時間にすぎないかもしれなかったが。

「わかりました。じゃあ、来週の金曜日、奥さんと一緒に今日と同じくらいの時間にいらしてください」

井川はすんなり承諾して、

「それから手術は近々ということになりますから、それまでは暴飲暴食さえ控えてもらえば、普通の食事でけっこうです」

小さくうなずいてこういった。

「はい、ありがとうございます」

頭を下げて力ない足取りで診察室を出ようとすると、

「しっかりしてくださいよ、矢野さん。戦いはまだ始まったばかりです。手術が無事終っても、完治までの数年間は戦いなんですから」

政司にしたらいちばん聞きたくない言葉を井川は口にした。

「今度の週末、奥さんと二人で病院か――」

話を聞き終えた幸代は、ぽつんと呟《つぶや》いた。

「そう、それがまず大問題だ。胃癌の話を聞いて、美可子《みかこ》のやつがどう反応するのか。考えるだけで頭が痛くなる」

美可子とは政司の妻で、ここ数年二人の仲は最悪の状態だった。

「いくら仲が悪くても非常時なんだから、それ相応の対応はしてくれると思うけど。何といっても好きで一緒になったんだから。私と矢野ちゃんとは違って……」

最後の言葉を幸代は、消え入るような口調でつけ加えた。

「えっ――」

思わず幸代の顔に視線を向けると、

「ごめん。いってはいけないこと、私いってしまった。あれはなかったことだった」

慌てたようにいって、肩を落した。

実をいうと政司は幸代と一度だけだったが、間違いをおかしたことがあった。

幸代の一人息子の智人《ともひと》が、中学二年のとき――。

反抗期なのか何なのか、はっきり原因はわからなかったが、智人が家出をしたことがあった。友達の家を転々としていたようだったが、当然のことに幸代は落ちこんだ。

そんなとき、この店を訪れた政司に幸代は愚痴《ぐち》をぶちまけた。愚痴は延々とつづき、看板になっても終らなかった。

店にいた客は帰り、政司は一人カウンターの前に座って幸代の話を聞いた。

「やっぱり男の子には、男親が必要なのかなあ……」

疲れた表情で呟いた幸代の何気ない一言が、政司の心を揺さぶった。目の前の疲れた顔の幸代が急に愛《いと》しくなった。

政司は腰をあげ、カウンターの向こうの幸代の両肩に手をかけ体を引きよせた。そっと唇を寄せた。幸代は抗わなかった。政司と幸代は強く唇を合せた。

そして政司はカウンターに入り、二人はもつれあうようにして奥の小部屋へ倒れこんだ。無我夢中で荒っぽく体を重ねた。美可子と結婚してから初めておかした、政司の浮気だった。ちょうどこの数年前から美可子との諍《いさか》いが始まり、政司自身も鬱々としていたころでもあった。

政司はこのあと、妻にケータイから電話を入れて、

「今夜は会社で、徹夜になりそうだから」

こういって事を収めた。このとき政司は朝までここにいて、翌日はこの店から会社に向かった。幸い美可子は政司の浮気には気がつかなかったようで、その夜家に帰っても特段何もいわれなかった。

幸代との間では、あれはなかったことにしようという暗黙の了解で何となく収まり、

二人の間は単なる仲のいい友達という関係のまま今に至っている。

智人はその夜から二日目に家に戻ってきて、これも丸く収まり、今ではそんなことはなかったように元気に高校に通っている。

「智人と私は親一人子一人の家族。何があろうと家族の結びつきは強いもの。それには腹を割って話し合うことが、いちばんだからね」

当時幸代はこんなことをいって、嬉しそうに笑っていたのを政司は今でもはっきり覚えている。

三年前のことだった。

「でも、あのあと……」

ふいに真剣な表情をして幸代が宙を睨《にら》んだ。

「あのあと、どうかしたのか」

何となく気になって声をあげると、

「あのあとというか、だからというか」

幸代は妙に明るい声で言葉を濁した。

「いくら仲が悪くても、病気のことを丁寧に話せば奥さんだって親身になってくれるはず。私と智人がわかりあえたように必ず。何たって家族なんだから。そういうことだと私は思うけど」

何度もうなずきながら、今度ははっきりといった。

それから「あっ」と声をあげ、政司の前にあるビールの中ジョッキを取りあげようとした。

「いいよ、これぐらいのビールは。医者だって暴飲暴食をしなければ、普通の食事でかまわないといってたし」

政司は幸代の手をそっとどけた。

「お医者さんがそういったって、胃癌のステージ・ツーだって人にお酒は」

「医者の温情だよ。どうせ半月以内に手術はされるんだろうから。それまでは、あまり硬い話はなしにしようというつもりじゃないのかな」

「そういうことなら、まっいいか」

幸代はおとなしく引き下がったが、

「とにかくそういうことなら、今夜は早く帰って、じっくり奥さんと向きあったら。それがいちばんいいと思うけど」

しんみりとした口調でいった。目が潤んでいるようだった。

「まだいえないよ。これからじっくり考えて、折りを見てぼちぼち話すよ」

喉につまった声をあげてから、

「今はとにかく病気が怖くて怖くて……それを何とか抑えこんでから」

と政司が本音をぽろりと漏らしたとき、数人の客が店のなかになだれこんできた。

そろそろ、店が混んでくる時間帯だった。


次の日は土曜日で、会社も学校も休みだった。

九時すぎに起きると「お母さんは友達のところへ行った」と居間でのんびりテレビを見ていた息子の純平《じゅんぺい》がいった。正直なところ、ほっとした。家庭がうまくいっていない人間にとって、休日というのは針の筵《むしろ》のようなものだった。

「若菜《わかな》は、いるのか」

と周りを見回してから純平に訊《き》くと、

「知らない」

簡単明瞭な答えが帰ってきた。

「知らないって、いるかいないかぐらいはわかるだろう」

「あの年頃の女の子のことは、よくわからないけど、多分出かけたんじゃないかと思う。僕が起きてきたときにはもういなかったから」

なかなか穿《うが》ったことをいう。

若菜は高校二年生で、純平は中学一年生だった。

「お前はどこへも行かないのか。部活のほうはいいのか」

純平は野球部で、小学生のころは少年野球のチームに属していた。小さいころから球を追っかけるのが好きな子供だったが、娘の若菜のことになるとほとんどわからない。部活をしているのかどうか、今は何に熱中しているのか……皆無といっていいほど、若菜のことは知らなかった。

「休みの日の部活は午後から。それぐらいはちゃんと覚えておいてよ、お父さん」

純平は唇を尖らせ、

「だから、お昼はお父さんに何かつくってもらえって、お母さんがいってた」

当然のことのようにいった。

「つくってもいいけど、俺にできるのはチャーハンか玉子丼ぐらいしかないぞ」

「チャーハンでいいよ。あんまり油でべたべたになったチャーハンは嫌だけど」

けなされはしたものの、たまにしかつくらない料理の味を純平がちゃんと覚えてくれていたのが政司は何となく嬉しかった。

そんな思いを胸の奥で転がしながら、政司はキッチンに行き牛乳をコップに入れて居間に戻る。

「お父さんは朝ごはん、牛乳だけなの」

ソファーに座る政司に純平が声をかけてきた。この家でまがりなりにも会話ができるのは純平ぐらいのもので、美可子も若菜も必要以上に声をかけてくることはない。

「お父さんはもう年だから、牛乳だけで充分なのさ」

政司は純平にこう答えるが、本音は癌のことが頭から離れず、パンを焼くのも面倒だった。だが、昼ごはんだけは、きちんとつくらなければ――。

そんなことを考えながら牛乳を飲み、政司は部屋のなかをしげしげと眺める。十六畳の居間兼キッチンと、四畳半の和室が二つに六畳の洋室が二つ。

商店街の裏通りにある、この中古マンションを買ったのは六年ほど前だった。それまでは近くの都営住宅に住んでいたのだが、ここは中古の割に外観も内装も綺麗な上に価格もかなり安かった。それで二十年のローンを組み、思いきって手に入れた。

最初のうちは美可子も喜んでいたのだが、二年ほど過ぎてから様子が変ってきた。段々と不機嫌になってきた。ほんのささいなことでも美可子は腹を立てるようになり、家のなかにぎすぎすした空気が漂うようになった。理由は推測できた。

俺がこの家を買ってやった。

だから、お前たちは有難くここに住め。

そんな、上から目線の雰囲気が政司の体から滲《にじ》み出ているのを、美可子は敏感に察したのだ。いや、前からくすぶりつづけていた政司に対する不満が、このマンション購入を引き金として一気に爆発した――そういうことだと政司も今では思っている。

政司の職場は大手とはいえないものの、世間には名の通った出版社だった。

普通の企業に較《くら》べて給料はかなりよかったが、時間が不規則だった。酒を飲むのも仕事のうちということで、執筆者たちと夜の街を徘徊《はいかい》して朝方に帰ってくるのはざら。また雑誌の校了日が近づけば会社で寝泊まりということも、しょっちゅうだった。かといえば、取材ということで何日も家を空けることもあり、政司が家庭を顧みるということは、まずなかった。男は仕事、女は家庭――そんな思考形態の最後の世代が政司たちで、それが当然だと思いこんできた。

それが変った。

ここ十数年の間に、男女同権、男女平等という考えがしっかり世の中に根づき、それに伴って仕事のあり方、家庭のあり方、世の中のあり方が、がらりと変化した。女性の社会進出も著しく、数々の場面で女性の意見が反映された。

五年ほど前の子供の春休みのとき、こんなことがあった。

このときは久しぶりの家族旅行で信州へ行く予定だったが、政司に急な取材が入って家族旅行はとりやめになった。

「申しわけない。何だったらお前たちだけで行ってくれても……」

という政司に対して、

「子供二人の面倒を見ながらの旅行では、気持が参ってしまう。それにこれは、家族みんなの旅行です。あなたが行かなければ意味がありません」

美可子は即座に否定の言葉を出した。

「この埋め合せはきっとする。俺は家族サービスをおろそかにしているわけじゃないから」

思わずこういうと、美可子の顔色が変るのがわかった。

「私は家族サービスという言葉が嫌いです。これはサービスではなく、ごく普通のことで当然のこと。そこのところを勘違いされては困ります」

叫ぶようにいった。

家族サービスは、サービスではなく、ごく普通のこと——今まで考えてもみなかったことだった。目から鱗《うろこ》が落ちる思いだった。かなりの衝撃だった。俺は古い。政司はつくづくそう実感した。それまで政司は二人の子供の運動会も授業参観も各種の発表会も、一度も行ったことがなかった。すべて妻の美可子に任せきりで、それでいいと思っていた。

そのツケが確実に回ってきていた。

さらに——政司は『夢紀行』という旅の月刊誌の副編集長で、次期編集長との呼び声もあったが、それも、政司の病気が明らかになれば見送られることになるのは明瞭だった。

そんなことを考えていると、すぐ脇の純平から声がかかった。

「どうしたの、お父さん。難しい顔をして、ぼうっとして」

何でもない口調でいった。

「別に、ぼうっとしているつもりはないが」

政司は慌ててこういい、

「そうだ、純平。久しぶりにお父さんとキャッチボールでもしないか。純平がどんな球を投げるか、お父さんも知りたいから」

勢いこんでいってみた。

何かがしたかった。

何かをしなければ、病気に対する恐怖と不安で体が押し潰されるような気がした。本当は大声で叫びたい気持だったが、そんなことができるはずはなかった。

「やめとくよ。慣れないことはやらないほうがいいから」

唯一会話のできる純平から、一刀両断にされた。純平は慣れないことといった。そういうことなのだ。癌告知を受けてから、自分は慣れないことをしようとしている。自分を何かから守るために。

「そうか、残念だな――じゃあ、またの機会にするか」

「ごめん。これから部屋に戻って、ゲームをやるつもりだったしね」

そういって純平はソファーから立ちあがり、あっさり政司の前を離れていった。泣きたいほどの淋しさがこのとき政司を襲ったが、歯を食いしばって耐えた。

時間の経つのが遅かった。

ぼんやりとテレビの画面に目をやり、ひたすら時間の過ぎるのを待った。ようやく十一時を回り、政司はキッチンに立ってチャーハンをつくり始めた。

油の量を少なめにしたら、焦げつきが出た。これも慣れないことをしたせいに違いない。仕方がなかった。

部屋のドアをノックして純平に食事ができたことを知らせ、二人向きあって焦げついたチャーハンを食べた。

「悪かったな、おこげになって」

すまなそうな面持ちを浮べると、

「いいよ、別に。まずくても腹は膨れるから気にしなくても」

こんな言葉が返ってきた。

もう少しいいようがあるだろうと思ったが、それほどの文句が出なかったことに安堵して政司も黙々とスプーンを口に運ぶ。本当は食欲などなかったが、自分だけ食べないわけにもいかない。何といっても焦げてしまった、チャーハンなのだ。

チャーハンを食べた純平は、ユニフォームに着替えて家を出ていった。がらんとした部屋に政司は一人きりになった。

人恋しかった。

誰でもいいから、そばにいてほしかった。

人の気配を感じたかった。

そんな思いを胸に、政司は妻の美可子にいつ、どのように癌のことを話したらいいのかを考える。

いつ話そうと、美可子の返事がどんなものかは大体想像できた。

「癌ですか、わかりました。一緒に病院に行って、先生の話を聞けばいいんですね。それならいつ行くか、それを決めたら教えてください」

顔色も変えずに、すらすらとこんな言葉が出てくるような気がしてならなかった。

というのもここ三年ほどの美可子の様子は明らかに変だった。マンションを購入した当時は六畳の洋室を二人の寝室にし、二つの四畳半をそれぞれの子供部屋にして、残る六畳を客間用にしていたのだが、ある日――。

「私はここで一人で寝ますから、あなたは若菜の使っていた四畳半に移ってください。若菜には客間用の六畳を使わせますから」

突然こういわれて、政司と若菜は部屋を変ることになった。有無をいわせぬいい方で、このとき政司に反論の余地はまったくなかった。

この瞬間、政司の胸に湧いた言葉が、離婚の二文字だった。美可子は自分と別れたがっている。そんな思いが漠然と湧いたが、政司のほうにその気はまるでなかった。

家庭を顧みなかったのは事実だが、あれは純然たる役割分担だと思いこんでいた。それに仕事上、時間が不規則になるのも仕方がないことだと考えていた。が、今では何とかそれを回避できないものかと、努力しているのも事実だった。しかし、どこの出版社の例をとっても、編集者に離婚者が多いのは確かなことだった。

だから自分が癌だとわかったら、美可子は離婚の準備を始めるのではないか――むしろ調停や裁判になったとき、それがすんなり通るとは考えられないが、それにしても。

政司の頭のなかには、そんな考えがぐるぐると回りつづける。どこまでも、どこまでも止まることなく回りつづける。

ふと気がつくと、目の前に美可子が立っていた。外出から帰ってきたのだ。ちらりと腕時計に目を走らせると四時を回っていた。

「どうしたの、変な顔をして」

抑揚のない声で美可子はいった。

「いや別に、特別なことは何にもないよ」

「そう、それならいいけど。じゃあ私、部屋のほうにいますから」

それだけいって、さっと背中を向ける美可子に、

「若菜はどこへ行ったんだ。純平の話では朝からいないようだけど」

できる限り柔らかな声でいった。

「若菜はバレーボールの部活ですよ。もうそろそろ帰ってくるはずですよ」

政司を睨むように見て、美可子はそのまま自室に向かった。

美可子のいった通り、若菜はそれから十五分ほど経ってから帰ってきた。

「お帰り。大変だな、部活のほうも」

そういってやると、

「別に、大変じゃないけど」

若菜はそれだけ口にして政司のそばを離れていった。

この年頃の娘が父親を毛嫌いすることはわかっていたが、それでもやはり政司は淋しかった。また一人きりになってしまった。体中がぎゅっと縮こまった。そのとき何かが閃《ひらめ》いた。

『珈琲屋』の名前だった。

一度も行ったことのない店だったが、むしょうに行きたかった。人を殺したことのある男の店――確か、マスターの名前は宗田行介。それぐらいは町の噂《うわさ》で政司も知っていた。

政司はソファーから、ゆっくりと立ちあがった。

ドアを開けると、ちりんと鈴が鳴った。

店のなかに入って周りを見回すと、客はまばらだった。

「いらっしゃい」

という低いがよく通る声に誘われるように、政司はカウンターに向かう。誰もいないカウンター席の端に腰をおろし、壁に貼ってあるメニューに、ちらっと目をやる。

「ブレンド、お願いします」

くぐもった声を出すと「はい」という短い返事が耳を打った。

腕の太い頑丈そうな男だった。

これが行介だ。

人を殺したことのある男だ。

その、人を殺したことのある男の店に、なぜ自分は足を運んできたのか。そのあたりがよくわからないが、なぜだかここにきたかった。強いていえば人を殺した人間と、癌宣告を受けた人間――そんな対極の位置関係が、ここに足を運ばせたのかもしれない。

行介は手際よくコーヒーサイフォンをセットしている。顔つきは穏やかで、何ら普通の人間と変りはない。それが政司にはちょっと物足りない。勝手な思いこみだということは、わかっているのだが。

「お客さん、この店初めてですか」

コーヒーサイフォンから視線を外して、行介がいった。

「あっ、初めてです——すぐ近くの商店街裏にある花屋さんの近所に住んでいるんですが、ここは初めてです」

少し緊張して政司はいう。

「そりゃあ、本当にすぐ近くだ」

ほんの少し笑みを浮べる行介に、

「申し遅れました。矢野政司という、しがないサラリーマンです。以後よろしく」

政司は背筋をぴんと伸ばして、自己紹介をした。

「あこれは、ご丁寧に。俺は宗田行介——しがない喫茶店のオヤジです」

政司のいきなりの自己紹介に驚いたのか、行介は少しとまどいぎみに答えた。

「同じようにしがない二人ですけど、宗田さんは何のしがらみもなさそうな一国一城の主、羨ましいですよ」

政司の本心だった。

「しがらみですか——そうですね。そういったものは、ほとんどないに等しいですね。家族は誰もいませんし」

と行介がいったところで、コーヒーができあがったようだ。行介は湯気のあがるコーヒーカップを皿に載せ、「熱いですから」といって政司の前にそっと置いた。

「ああ、これは本当に熱そうだ」

政司は右手できちんとカップを持ち口に運ぶ。香ばしいかおりが、ふわりと鼻を打つ。少し口に含んでこくっと飲みこむ……が正直なところ、味はよくわからなかった。というより、味わう余裕を政司は持ち合せていなかった。心の真ん中に、胃癌の二文字がでんと居座っていた。

「どうですか、味のほうは」

何でもない行介の言葉に政司は、ほんの少しうろたえた。いったい何と答えればいいのか――。

「すみません、よくわかりません」

正直な言葉が口から滑り出た。

一瞬、行介の顔に困惑の表情が浮び、すぐに大きな体を二つに折った。

「あっ、いや申しわけない。きちんと淹《い》れたつもりだったんですが。そうですか、誠に申しわけありません」

ああ、この人はいい人なんだ――そんな思いがわっと政司の体をつつんだ瞬間、それが見えた。ちょうど行介が下げた頭を元に戻したとき、右の手の平がこちらを向いた。赤黒い物だった。赤黒く、ケロイド状に爛《ただ》れていた。

政司は心のなかで「あっ」と叫んだ。何もかもがわかったような気がした。この人はただ単に穏やかでいい人なだけではない。心の奥底でもがき苦しんでいる、今も……。

「すみません。物を味わう余裕がありません。私には余裕もなければ、居場所もないんです」

政司の口から低い言葉がもれた。

「居場所がない……」

独り言のように行介はいって、まっすぐ政司の顔を見てきた。

「宗田さんには、ちゃんとした居場所がありますか」

こんな質問が口から飛び出した。

「俺にあるのはこの店だけで、ここが俺の唯一の居場所といえますが」

「たった一人でこの店で暮していて、淋しくはないですか」

思いきったことを訊いてみた。

行介の顔が、ほんの少し歪《ゆが》んだ。

「淋しくないといったら嘘になりますが、幸い俺には心を許せる二人の幼馴染《おさなな》みがいますから、それで」

二人の幼馴染みと行介はいった。

「たった二人だけ……」

「あの事件があったあと、俺の前から離れないでいてくれたのは、その二人だけです」

例の殺人事件のことだ。

「その二人がいなかったら、その二人が支えてくれなかったら、俺は駄目になっていたかもしれない。人間なんて弱くてもろいものですから。やっぱり何かに、そして誰かにすがらないと、生きていくことは……」

語尾が震えたような気がした。

このとき政司は行介に、自分のすべてを話したいと痛切に感じた。何もかも話して楽になりたかった。この殺人を犯した宗田行介という男に。

「実は宗田さん――」

と政司は今、自分におきていることのすべてを行介に語った。癌告知を受けたこと、仕事一筋で家を顧みず家庭が壊れかけていること、そして、たった一度だけおかした幸代との間違いまでのすべてを。

「そんなことが――」

政司が長い話を終えると、行介は大きな吐息をもらした。

「随分と辛い立場に、矢野さんは置かれているんですね」

低い声でいった。

「すべて自分の身から出た錆《さび》ですから仕方のないことですが、それにしても」

政司は両手で両膝を強い力でつかんで、うつむいた。

「辛いです、本当に辛いです」

思わず嗚咽《おえつ》のもれるのを、必死に我慢した。

静寂が周囲をつつみこんだ。

「私はいったい、どうしたらいいと思いますか、宗田さん」

すがる思いで行介に訊いた。

「俺には難しいことはよくわかりませんし、まして俺は罪を犯した人間でもあります。とても偉そうなことをいえる立場じゃないですけど、それでも」

ぽつんと行介は言葉を切った。

「それでも……何ですか」

政司は身を乗り出した。

「誠心誠意──月並な言葉ですが、それしかないと思います」

「誠心誠意を尽くせということですか」

ちょっと肩すかしを食らったような気分で政司はいった。

「それとは少し違うような気がします。俺のいう誠心誠意とは……」

行介はちょっと考えるように天井を仰いでから、

「普通ということだと思います」

よくわからないことをいった。

「普通ですか?」

思わず政司が訊き返すと、

「事件のあと、俺がこっちへ戻ってきたとき、迎えてくれた二人の幼馴染みは、ことさら励ましてくれたわけでも、ことさら助けてくれたわけでもありませんでした。ただ二人は、罪を犯した俺と……」

行介は唇を嚙《か》みしめた。

「何の衒《てら》いもなく、ごく普通に接してくれたんです。俺にはそれが身に染みました。有難かったです、嬉しかったです。普通というのが、これほど心を安らかにしてくれるということを、俺は初めて知りました」

掠れた声で行介はいった。

政司にも行介のいわんとすることが、ようやくわかってきた。

「二人のその、普通の向こう側には、いったいどれだけの思いがつまっているのか。それを考えると……」

行介の視線が足元に落ちた。

「その宗田さんのいう、普通で──」

政司の声も掠れた。

「家族にも接しろと。そういうことなんですね」

「さっきもいったように、俺には難しいことはよくわかりません。しかし、それしかないような気がするのは確かです。すみません、生意気なことをいって」

「いえ、心に染み透る、いい話でした。それにしても、普通というのは実に難しいものなんですね」

小さな吐息をもらすと、

「考えすぎなければ案外、易しい気もするんですけどね」

ほんの少し行介が笑みを浮べた。

「それから、幸代さんという女性と癌告知の件ですが」

真顔になって行介がいった。

「残念ながら、浮気はよくないことだとはいえても、俺にはその手の微妙な問題は苦手で、よくわかりません」

すまなそうに首を振ってから、

「ただ癌の件でひとつはっきりいえるのは、矢野さんの病気は家族全体の問題であると同時に、それ以上に矢野さん自身の問題でもあります。ですから、まず矢野さん自身がしっかりしないと。たとえ家族のみなさんが、どんな態度をとろうとも」

最後の言葉を行介は、力強い口調でいいきった。

「そうですね、私自身がまず、しっかりしないと、それも普通に……そうすれば、おのずと居場所も定まるかもしれませんね」

腹に力をこめてこういったとき、

「おじさん、居場所がないの」

ふいに後ろから声が聞こえた。

慌てて振り返ると、若い女性が立っていた。話に夢中になっていて、まったく気がつかなかった。

「こんにちは。ブレンド、お願いします」

と、その女性は行介にいい、政司の隣の席にすっと腰をおろした。黒縁の眼鏡をかけた、目の綺麗な女性――というより政司にはまだ、少女に見えた。

「ああ、この人は近くの借家で一人、受験勉強に励んでいる、黒木舞ちゃんです」

行介は簡単に舞という女性を紹介してから、

「こちらは矢野政司さんといって商店街の裏に住んでいる――」

ここでとまどいの表情を行介は浮べた。

「しがない、居場所のないサラリーマンです。よろしく」

行介の様子を見た政司は、すぐにその後を受けてさらっと答えた。

「だけど、居場所のない人間なんて、わんさかいるよ。深夜の渋谷《しぶや》や新宿《しんじゅく》に行けば、若い女の子たちがいっぱいたむろしているけど、男に声をかけて、その夜の居場所を確保してる子もいるんだよ」

と、舞が何でもないことのようにいった。

「えっ！」

政司は舞の顔を覗きこんだ。

「私にしたって居場所がないから、この店に顔を出してる。私のような人間には、この店は本当に有難いよ。束の間だけどちゃんとした居場所を確保することができるから」

正面を真直ぐ見て舞はいい、

「若い子から、おじさんたちまで、居場所を見つけるのは至難の業。とっても淋しい話だけどね」

はっきりした口調だったが、舞自身の顔は悲しそうに見えた。

「舞ちゃん、おい！」

行介が、大きな声をあげた。どうやらこんな舞の様子を見るのは初めてのようだ。

「ちょっと喋《しゃべ》りすぎたかもしれない。おじさんの、居場所がないという言葉につられてしまって――というわけで、この話はこれでおしまい。マスター、私のコーヒー、まだ？」

「ああ、もう、ほとんどできてるから」

普通の口調に戻して行介はいい、カップにコーヒーを淹れ始める。それにしても、みんな精一杯、ぎりぎりで生きている。

こんな思いが政司の胸に鮮明に浮んだ。

「お待たせ」

行介の声と同時に、舞の前に湯気のあがるコーヒーが置かれた。そして、政司の前にも新しいコーヒーが……。

「すっかり冷めたようですから、新しいのを淹れました。もちろん、店のサービスです」

「あっ、これは、ありがとうございます」

政司は慌てて頭を下げてからコーヒーをゆっくりと味わう……うまかった。さっきは感じられなかった味が、はっきりわかった。

「うまいです、とても」

思わず、こんな言葉が出た。

行介の顔が綻《ほころ》んだ。いい顔だった。舞がこの店を自分の居場所だといった気持が、わかるような気がした。

病院へ美可子と行く日が、明後日に迫っていた。

政司はまだ癌のことを、美可子には話していない。明日までには何とか話をしないと、一緒に病院へ行くことができなくなる。

そんな焦燥感を胸に、政司は『さっちゃん』の暖簾《のれん》をくぐる。夜の九時を回っていた。

いつものいちばん端の席に腰をおろすと、すぐに幸代が前に立った。

「どうなの調子は」

単刀直入に訊いてきた。

「調子は変らないよ。この前と同じだよ」

ぼそっと答えると、

「ちゃんと奥さんには話したんでしょうね」

睨むような目で見てきた。

「それはまだ……」

わずかに首を振ると、幸代の顔色が変った。

「すぐ帰りなさい。こんなところで、お酒を飲んでる場合じゃないでしょ。すぐに帰って、奥さんに病気のことを話しなさい」

いつもの幸代とはうって変った、凄《すご》い剣幕で怒鳴りつけた。

「そんなに怒鳴るなよ、ちょっと飲んだら帰るからさ」

哀願するように政司はいう。

「本当ね。本当にちょっと飲んだら帰るのね」

幸代は念を押してから、すぐに見つくろったおでんと、生ビールの中ジョッキを持ってきて前に立った。

「やっぱり、中か」

抗議する政司に、

「当たり前でしょ、病人なんだから。それから、あとでちょっと話があるから」

それだけいって、さっさと政司の前を離れていった。政司はおでんをつつき、生ビールをちびちび飲んだ。飲んでもうまくないということもあったが、それよりも何よりも政司は家に帰りたくなかった。

三分の二ほどビールがなくなったころ、幸代が政司の前にきた。

「いったい、どれだけかけてビールを飲んでいるのよ」

腰に手を当てていった。

「しようがないだろ、病気なんだから」

「だったら、飲まなきゃいいのよ」

「それは……そんなことより、話っていったい何だよ」

口を尖らせると、幸代の表情に暗いものが走った。

「これは話そうかどうか、迷っていたんだけど、やっぱり話したほうが……」

ふいに声をひそめて、政司の顔をじっと見た。

「三年前の、あの件なんだけど。あのあと、美可子さんがこの店にきたのよ」

びっくりするようなことを口にした。

あのことがあって、二日後のことだという。

店を開ける寸前に、美可子はこの店にやってきて幸代の前に立った。

「つかぬことをお訊きしますが、うちの者がこの店に迷惑をかけていませんでしょうか」

簡単な挨拶のあと、美可子は迷惑という言葉を口にしてこう切り出したという。

「迷惑だなんて。矢野さんはとてもいいお客様で、ご贔屓《ひいき》にしてもらっています」

幸代が慌てて答えると、

「いいお客様ですか――よすぎる客ということはないですか」

奥歯に物が挟まったようないい方を、美可子はした。

「あっ、いいえ、そんなことは決して。ごく普通の、いいお客様です」

幸代の脇の下を嫌な汗が流れた。

「それならいいんですけど。日頃のあの人の言動から、何となくこちらにご迷惑をかけているんじゃないかという気がして、ここまで……でも、こちらの誤解だったようです」

口調は丁寧だったが、顔のほうには明らかに険があった。ふと、美可子の手に目をやると、脇に垂らした両手は色が変るほど強く握りこまれていた。

この人は感づいている。

幸代は、そう直感した。

まだ疑惑の段階だろうが、この人は確信をもってここに乗りこんできている。おそらくは警告だ。これ以上は絶対に許さないという。そうでなければ、このようなまねは
――しかし、あるいは。

「それから幸代さんに、もうひとつ」

美可子は幸代の顔を凝視した。

「私が今日ここにきたことは、あの人には黙っていてください。あまり、格好のいいことじゃありませんから」

政司に黙っていろということは、もう、ここへの出入りは禁止にしてくれということでもないようだ。幸代の、あるいはという懸念は、あっさりとひっくり返された。

「よろしく、お願いします」

美可子は幸代に向かって頭を深々と下げて、帰っていったという。

衝撃だった。

美可子が、この店にきていた。

そういえば先日、幸代は何か話したい素振りを見せていたが、おそらくは、このこと

だったのだろう。

「そんなことが、あったのか」

声に動揺が混じっているのが、自分でもわかった。

「奥さんも矢野ちゃんには話さないでくれっていってたから、ずっと黙っていたけど。やっぱりね」

低い声で幸代はいった。

「やっぱり、何だよ」

「やっぱり、話すのが人の道なんじゃないかと、近頃感じるようになってね」

しみじみとした声を幸代は出した。

「人の道って――美可子は俺に話してくれるなって、はっきりいったんだろ」

くぐもった声を出すと、

「そんなこと嘘。女はどんな場合でも、どんな状況でも、すらっと嘘をつける生き物なの。だから、女の言葉を真に受けちゃ駄目。私自身も自分に嘘をついて、奥さんの言葉を信じようとしていたのは事実」

さらっと幸代はいった。

「それじゃあ……」

声が喉につまった。

「奥さんはあの夜のことはお見通し。だからこそ、ここへ乗りこんできて、いろんなことを並べたてたのよ」

幸代は洟をちゅんとすすり、

「並べたてはしたけど、いってくれるなといったのは真赤な嘘——あれは、いえという思いの裏返し」

掠れた声を出した。

「なんで美可子は、そんなまどろっこしいことをしたんだ。いってほしいのなら、いってほしいとはっきりいえばすむのに」

政司はまくしたてるようにいう。

「それは、女の見栄——」

ぽつんと幸代がいった。

「見栄って……俺には単なる意地の悪さとしか思えないけど」

「意地の悪さは、女の可愛さ。それがわからない矢野ちゃんは、まだまだ修行が足りないってことなんじゃない」

「俺は家では虐《しいた》げられてるから、今更女の可愛さなんかわからない」

政司はジョッキのビールを、ごくりと飲む。

「いずれにしても」

幸代の表情が真顔に戻った。

「矢野ちゃんに、それをいってくれということは、この店の出入りを禁止してくれというのと同意語。だから、もう二度と矢野ちゃんはここにきちゃ駄目」

決定的な言葉を幸代は出した。

「そんな。俺の居場所は、ここしかないんだぜ。それを出入り禁止とは酷《ひど》すぎるよ」

甘えた声を政司は出した。

「そういう甘えた声を想像して、あれからずっと奥さんは腹を立てていたんだと思う。だからやっぱり出入り禁止。残念だけど、それしかない。それに、矢野ちゃんの本当の居場所はここじゃなくて、家族のいるところ。それを忘れたら男じゃない」

ぴしゃりといった。

「しかし……」

なおも食い下がる政司に、

「しかしも、かかしもない。浮気がばれたら、もうそこには行かないでしょ。それが普通。それが人としての筋」

幸代はそれが普通だといい、人としての筋だといった。政司の胸に行介のいった、普通という言葉が浮んだ。幸代はその、いろいろな意味を含んだ普通を押し通そうとしている。では、自分はそれに対して……。

「やっぱり、もうここへはきちゃ駄目なのかな、人として」

ぼそっと政司は口に出した。

「そう。それしかない」

「じゃあ、ひとつだけ俺、さっちゃんに訊きたいことがあるんだけど」

思いつめた目で幸代を見た。

「何、訊きたいことって」

幸代も真直ぐ政司を見た。

「俺のこと、まだ好きなんだろう」

低い声でいった。

「嫌い——男として情けなさすぎる」

はっきりと幸代は答えた。

「それって、さっきいったように、逆の意味ってことなんだろう。そういうことなんだろう」

「私の本音。うちにお金を落してくれない人は誰であろうと、やっぱり嫌い。だから、ぐだぐだいってないで、もう帰りなさい。そして、もう二度と、ここにはこないこと。今日のお勘定は、サービスにしといてあげるから」

押し殺した声だった。

「淋しくなるけど、さよなら」

それだけいって、幸代は頭を下げた。


家に帰ると、みんな自分の部屋にいるらしく、居間には誰もいなかった。

政司は六畳の美可子の部屋に向かい、ノックする。少しするとドアが開いた。「すまないが大事な話がある。ちょっと居間にきてもらえないか」と低くいう。

政司の言葉に、パジャマ姿の美可子は無言で従った。居間のソファーで、政司は美可子と向き合った。

「実は――」

といって政司は病院でつげられたことを、詳細に話す。美可子はその間、一言も口を挟まず政司の話を聞いた。

すべてを話し終えたあと、しばらく沈黙の時間が流れて、ようやく美可子は口を開いた。

「話はよくわかりました。明後日、あなたと一緒に病院に行って、先生から癌手術の話を聞けばいいんですね」

抑揚のない声で、美可子は政司の思った通りのことを口にした。落胆の気持が政司の全身を襲った。想像していたとはいえ、目の前が真暗になる思いだった。

「面倒かけてすまないとは思うが、よろしく頼む」

ようやくそれだけいえた。

これが普通の男の態度なのだと、自分にいい聞かせて頭を下げた。頭をあげると美可子が政司を凝視していた。

「わかりました」

それだけいって、美可子はソファーから立ちあがり、自分の部屋に戻っていった。政司は硬く固まったまま、しばらく動くことができなかった。


翌日の昼休み。

政司が社員食堂で昼食をとっていると、珍しく美可子からケータイに電話が入った。

「今日、早く家に帰ってくることはできませんか」

と美可子はいった。

「早くって、何時頃に」

と怪訝な思いで訊《たず》ねると、

「できれば五時頃に……あなたの病気のことを純平に話してみたら、あなたとキャッチボールがしたいといい出して」

純平とキャッチボール――政司の胸がざわっと騒いだ。何となく心が安まるような言葉だった。

「なんで朝、話さなかったんだよ」

といいかけて政司は慌てて口をつぐむ。

政司が起きたのは九時を過ぎたころで、そのとき家にはもう誰の姿もなかった。出版社というところは出勤時間も退社時間も、あってないようなもので、締切や校了がなければいくらでも融通は利いた。

「わかった。今日は締切も校了もないから、その時間に帰ることは可能だと思う」

「じゃあ、お願いします」

それだけいって電話は切れた。

夕方の五時。約束通り家に帰ると、純平はグラブとボールを手にして、居間のソファーに座っていた。ソファーには若菜も座っていたが、美可子は買物にでも行っているのか留守だった。

「お帰り、お父さん」

と純平は声をかけてくるが、若菜はちらっとこちらに視線は走らせてきただけで無言だった。やっぱり、この年頃の娘は難しい。

「ちょっと着替えてくるから、待っててくれるか」

と、できる限り優しい声でいって政司は自分の部屋に向かう。

「癌なんて、今の医学なら何とでもなるから大丈夫だよ、お父さん」

背中に純平の声が響く。能天気そのものの言葉だったが、それがかえって政司の気持を軽くした。

十分後、政司と純平はマンション前の道路で、まず肩慣らしを始める。政司も中学、高校時代は野球部に属していて、純平の相手ぐらいは充分にできる。

「ところで、お前のほうからキャッチボールとは珍しいな」

叫ぶように声をかけると、

「今朝、お父さんの癌の話をお母さんから聞いて、そういえば先日キャッチボールに誘われたっていったら、じゃあ、してやったらっていうから、それでね」

意外なことを口にした。

日頃の美可子からは、想像できない言動だった。少しは自分を憐《あわ》れんで、とも考えられはしなかったが……何にしても純平とキャッチボールができるのは嬉しいことだった。

「じゃあ、そろそろ本気で行くか」

政司の掛け声で、球の勢いが速くなった。

パーン、パーンという、小気味よい音がグラブのなかから響き渡る。

十分ほど、そんなキャッチボールをつづけたあと、

「これが、僕の球――」

純平が妙なことを口走った。

充分な速さのストレートだった。素直な球筋で政司のグラブにいい音をたてて収まった。

「ナイスボール」

と声をあげると、

「次が、お姉ちゃんの球」

また、妙なことをいった。

さらに速いボールがきた。が、速いだけでコントロールがまったく利いていず、球は政司の横を通り抜けていった。

そのボールを追いかけていきながら、こんなことを政司はふと思った。

純平のやつ、家族の気持をボールになぞらえているのか。

しかし、そんな器用なことを中学一年のあいつが……と頭を強く振る。が、ひょっとして、美可子の入れ知恵がそこに介在すれば。そんなことも脳裏に浮んだ。しかし、そうなると、美可子の球というのはどんなものになるのか。

ひろってきたボールを純平に返し、政司は気持をぎゅっと引きしめて次のボールを待つ。

しかし、純平の口からは何の言葉もない。

ボール自体もごく平凡なもので、何の変化もなかった。

パーン、パーンと、小気味いい音だけが通りに響く。どれほどの時間が過ぎたのか、ふいに純平が声をあげた。

「次が、お母さんの球」

やっぱりくるのだ。

政司の全身が硬くなる。

純平が大きく振りかぶった。

投げた。

大きな山なりのボールだった。

ボールはゆっくりと弧を描いて、政司のグラブのなかにすぽっと入った。

これをどう解釈したらいいのか。

考えを巡らせる政司の脳裏に、幸代の顔が浮んだ。もしかしたら今日の早朝、幸代から美可子の許に電話があったのではないか。

「矢野さんはもう、うちにはきません」

そんな電話が……。

いやいくら何でも、幸代がわざわざそんな電話を――それに今までの、ひょっとしたら家族の気持かもしれないと思ったボールにしたって、ほんの純平の気まぐれの産物かもしれない。

「お父さん、行くよ」

ボールは平凡なものだった。

また、普通のキャッチボールが始まった。

そう、普通でいいのだ。何も特別なことを望まなくても、普通で。

明日は病院のあと、珈琲屋に顔を出してみよう。できれば美可子と一緒に。

パーンと、グラブのなかでいい音がした。

「ナイスボール」

空に届くような大声を、政司はあげた。

ふたり

舞の様子が変だった。

近頃は毎日のように店に顔を見せるのだが、大抵は黙りこくってカウンターの隅で深刻そうな表情を浮べ、頰杖をついている。

「どうした、舞ちゃん。何か心配事でもあるのかな。このごろ様子が少し、変なような気がするが」

おどけた調子で思いきって行介が訊《き》くと、

「ないことは、ないですけど」

ぽつりと声を出すが、それ以上は口をつぐんで黙りこむ。

「心配事があるなら遠慮しないで、私たちにぶちまけるのが一番。そうすれば気も楽になるし、悩みも解決する。なあ、冬ちゃん」

カウンターの中央に座る島木が、隣の冬子に同意を求める。

「そうね。これだけ個性豊かな大人が三人も揃《そろ》っているんだから、大抵の悩みは解決するはずよね」

優しい口調で冬子も答える。

みんなが頼もしい、舞の味方だった。

時計の針は夕方の五時を指そうとしているが外はまだ陽が高く、気温も下がる気配はないようだ。そろそろ、夏も盛りにかかろうとしていた。

「もう一杯、熱いコーヒーを飲むか、舞ちゃん。もちろん、これは店のサービスということで」

カウンターのなかから行介が声をかけると、

「解決なんて、本当に……」

行介の問いには答えず、掠《かす》れた声で舞はいった。

「するわよ――何たってここにいる三人は、いろんな修羅場をくぐってきた人間ばかりなんだから」

冬子が力強い声でいって、舞の肩をそっと叩いた。

「あの、私」と舞はいってから、「やっぱり、コーヒーいただきます」

行介の顔をじっと見た。

「わかった」と行介はいい、すぐにアルコールランプに火をつけ、三人分のコーヒーをサイフォンにセットする。

そのまま無言の時間が流れ、香ばしい匂いが周りに漂い出す。行介はカウンターに三人分のカップを並べ、順番に湯気のあがるコーヒーを注ぐ。

「熱いから、気をつけて」

いつもの文句を口にして、ほんの少し笑ってみせる。

「熱いからうまいのか、うまいから熱いのか。はて、どっちだろう」

唐突にいう島木に、

「これに限っていえば、無料だから、おいしいのよ。いつもより余計にね」

カップを手にとりながら、冬子が何でもないことのようにいう。

「おい、お前らのコーヒーも、タダなのか」

「当然でしょ――ああ、おいしい」

冬子はカップを口に持っていき、ゆっくりと喉の奥に飲みこむ。倣《なら》うように、舞も島木もカップを口に持っていく。

「あの、私、本当は医学部志望の予備校生じゃないんです」

ひと口、コーヒーを飲んでから、ふいに舞が言葉を出した。

「そういう時期も以前はあったんですけど、今は……」

消え入りそうな声だった。

「うん、わかった。それで」

島木が後を促した。

「だから、毎日家に閉じこもってやっているのは受験勉強なんかじゃなくて、それを一言でいうと——」

舞の言葉が、ぴたりと止まった。

「一言でいうと、何なの、舞ちゃん」

冬子が優しく訊く。

「ごめんなさい。やっぱり、まだ気持のほうが……もう少し考えさせてください。わがままいって、すみませんけど」

蚊の鳴くような声を舞はあげた。

「そうか、わかった」

すぐに行介は肯定し、

「誰にだって心の準備っていうやつがあるからな。しっかり心を落ちつかせて、舞ちゃんの気がすんだときに話してくれればいいさ。そのときは何であろうと、力になるから」

その場を収めるようにいった。

「そうね。よほどの訳があるみたいだから、気をしっかり落ちつかせてね」

冬子の言葉に島木が大きくうなずいたとき、扉の鈴がちりんと鳴った。新しい客が入ってきたのだ。

「いらっしゃ……」

入口のほうを見つめる行介の声が、途中で止まった。その様子に冬子たちも、後ろを振り向く。

米倉だ。無精髭を長く伸ばした、米倉が立っていた。

「ただ今、戻りました」

戦地から帰還した兵隊のような口振りで米倉はいい、泣き笑いの表情を浮べた。

「米倉さん、イルは？」

イスから立ちあがって、舞が叫んだ。

「イルは……」

弱々しく首を振った。

「さあ、米倉さん。まずはここに座って一息いれて」

行介の声に米倉は背負っていた大きなリュックを床の上に置き、舞の隣のイスに腰をおろす。

「ホットにしますか、それともアイスに」

「アイスといきたいところですが、ここはやっぱり珈琲屋特製のホットにします」

ほんの少し米倉は笑った。

「イルはやっぱり、見つからなかったんですね」

冬子の低い声に、

「命は諦めていました。けれど、何とか遺体ぐらいはと捜してみましたが、やっぱり見つかりませんでした。最初から無理な話なのはわかっていたんです……わかってはいたんですが残念です」

米倉は洟《はな》をちゅんとすすった。

「でも、心の区切りはつきました。あとはイルの冥福を祈って——何といっても、イルは私の家族でしたから」

行介たちの顔を見て気が弛《ゆる》んだのか、米倉は大粒の涙をカウンターの上にこぼした。

突然の集中豪雨で、米倉の愛犬のイルが矢筈川の濁流にのみこまれたのが、五月に入ったばかりのころだった。

米倉はそのすぐ後、せめてイルの亡骸《なきがら》ぐらいは見つけたいと、河川敷の小屋を後にした。

それから二カ月ほど——。

米倉は矢筈川の下流域を海に注ぐ辺りまで隅《くま》なく捜したという。石をどけ砂利を掘り、あるときは川のなかに入り……徒労だとはわかっていたが捜さずにはいられなかった。

必死の思いで捜しつづけた。が、やはりイルの亡骸は見つけられなかった。

米倉は捜索を断念した。

「でも」といって米倉は行介を見た。

「ようやく、青い空を美しいと感じるようになりました。ようやく……」

この言葉は、米倉がイルを捜しに出るとき、

「米倉さんが戻ってくるときには、青い空は美しいと素直に感じられるようになっていると思いますよ――」

と行介がいったことに対する米倉の答えだった。

「そうですか、青い空を――ようやくかもしれませんが、それはそれで良しとして何とか前に進みましょう」

行介は、米倉の前に湯気のあがるコーヒーをそっと置いた。

「やあ、これは熱そうだ。そして、うまそうだ」

米倉は目を細めていい、両手でつつみこむようにカップを持って口に運んだ。

「うんまいなあ」

言葉がもれ出た。

「夜は野宿ですか」

カップがカウンターに置かれるのを見計らったように島木が声を出した。

「はい。河原で毎日、ごろ寝です。でも、何だかイルと一緒に寝ているようで、妙に心

が落ちつきました」

淡々とした口調で米倉はいい、

「だから申しわけないね、舞さん。私の体からは、嫌な臭いがしてるかもしれません」

すまなそうに頭を下げた。

「臭いなんて、そんなものどうでもいいですよ。そんなことより、イルがいなくなって米倉さん、ひとりぼっちに。それが……私も同じようなもんだけど」

舞の目は潤んでいた。

「私は、ひとりぼっちじゃないですよ。ここにくればマスターがいる、島木さんがいる、冬子さんがいる、そして舞さんも――ここにくれば、みんなといろんな話ができます。家族だったイルの話もできます。年寄りの飼っていた、死んだ犬の話などだれも聞いてはくれませんけど、ここなら気兼ねなく、どんな自分勝手な思い出話もできますから。珈琲屋というのは、そんな店です」

一気にいった。

「気兼ねなく、どんな自分勝手な思い出話もできる店……」

舞は呟《つぶや》くように口に出し、

「でも私には、いい思い出なんか、ひとつもない」

視線を落していった。

「なければ、これからつくればいいの。今まで何があったかは知らないけど、舞ちゃんはまだ若いんだから」

冬子が叫ぶようにいった。

「そうですね、つくればいいんですね」

「そのためには」

島木が喉につまった声をあげ、

「今、舞ちゃんの身に何がおきているのか、それを教えてくれないと」

たたみかけるようにいった。

「そうですね、本当にそうですね」

舞の肩に力が入った。

唇を嚙《か》みしめてうつむいた。

「島木、急《せ》かすな。物事には機というものがある。心配しなくても舞ちゃんは必ず話してくれる。俺たちは家族とはいえないまでも、唯一無二の仲間なんだから」

力強い声の行介に、

「あら、私は家族だと思ってるわよ」

ぴしゃりと冬子がいった。

「そうか、家族か。じゃあ、舞ちゃんも米倉さんも、みんな家族だ。唯一無二の大切な家族だ」

大きくうなずいて行介がいうと、

「あの、舞さんの身に何か？」

妙な話の展開に、米倉がとまどったような声をあげた。

「現在、舞ちゃんは非常に大きな心配事を抱えていて、それを私たちみんなで何とか解決しようと――」

島木が事のいきさつを、ざっと米倉に話して聞かせた。

「ああっ」と米倉はうめき声をあげ、

「それなら、私も参加させてください。いざというときには体を張って、舞さんを守りますから」

ぴんと背筋を伸ばした。

「米倉さん、そんな物騒なことを」

と行介がいったとき、舞の両肩がぴくりと動くのがわかった。これは、ひょっとしたら……行介はこほんとひとつ空咳《からせき》をして、

「ところで米倉さん、今日はこれから」

話題を変えた。

「これから、あの河川敷の古巣に戻り、片づけは明日にして、ゆっくりと大の字になっ

て眠るつもりでいます。もっとも誰かに占拠されて、私の居場所はなくなっているかもしれませんが」

笑いながら、米倉はいう。

「そういうことにはなっていないはずです。時々、米倉さんが帰ってるんじゃないかと見回っていましたから」

照れたように行介がいった。

「あっ、それはありがとうございます。わざわざそんなことを、本当に何といったらいいのか、私なんかのために」

米倉は体を縮めて頭を下げた。

「いつも、ぼうっとしている行ちゃんにしたら、気配り上出来」

妙な言葉で冬子は行介を誉《ほ》め、

「もっとも、女心はさっぱりだけど」

辛辣《しんらつ》な一言をつけ加えた。

「それはまあ……」

行介は両手をぱんと叩いて、上ずった声をあげる。

「誉められついでに、明日の米倉さんの家の後片づけには俺たちも参加して、手伝おうじゃないか」

「いえ、そこまでしていただいては。吹けば飛ぶよなちっぽけな我が家ですから、私一人で充分に片づけぐらいはできます」

恐縮した様子で米倉はいう。

「家のなかは砂埃《すなぼこり》ぐらいで大したことはないかもしれませんが、周囲の草が大変なことになっていますよ。だから、冬子は米倉さんと家のなか。俺と島木は密林のようになった、外の草刈りということで、全員、朝八時に河川敷に集合だ」

さっさと行介は段取りをきめる。

「あの、私は」

舞が不満そうな声をあげた。

「舞ちゃんもきてくれるのか、それは有難いな。じゃあ、冬子と一緒に家のなかを綺麗《きれい》にしてあげてください」

満面の笑みで行介はいった。

「本当にありがとう、本当にありがとう。こんな薄汚い年寄りのために、本当に有難いことです」

米倉は舞に向かって額がカウンターにつくほど、頭を下げた。本当に嬉しそうだ。

「みんな仲間で、それに――」

舞はちょっと言葉を切り、

「家族ですから」

恥ずかしそうに口にした。

「そうですよ。舞ちゃんは、もちろん家族の一員ですから。それに一番若いから、ここはかなり頑張ってもらわないと」

島木が柔らかな口調でいう。

「よし、それならそういうことで、きまりということに」

行介は機嫌よくいってから、

「ちょっと待っててください」

とその場を離れて奥に入った。

そして、十五分ほど経ったころだった。

「お待たせしました」

行介はそういってカウンターに戻った。

「何をしてたの、行ちゃん」

好奇心一杯の表情で冬子が訊く。

「いや、このまま帰っても、米倉さんは疲れ果てて食事の仕度をすることもなく、空腹のまま寝てしまうだろうと思って簡単な食べるものをな」

「へえっ、いいとこあるじゃない。それで、いったい何をつくったの」

「焼きおにぎり——急いで握って醬油を塗って。今、オーブントースターで両面を焼いているところだ」

「焼きおにぎりですか、それは嬉しいですね。私たちの年代にとっては、最高のご馳走です。私は長野《ながの》の出身なんですが、子供のころ、母親がよくつくってくれました。いや、何から何まで、ありがとうございます」

嬉しそうに米倉がいったとき、オーブントースターのチーンという音が奥から聞こえた。

「ほら、できた」

行介はそういって奥に行き、しばらくして紙袋に入った、焼きおにぎりを手にして戻ってきた。袋のなかから醬油の焦げた香ばしい匂いが漂っている。

袋は、ふたつあった。

「なら、これは米倉さんと、舞ちゃんに」

「えっ、もらえるんですか、私も」

袋を受けとりながら、舞が嬉しそうな声をあげた。

「どうせ舞ちゃんも、今夜は晩飯をつくる気はしないだろうから」

という行介の言葉にかぶせるように、

「おい、俺たちの分は」

と、島木がクレームをつけた。

「なんで、お前らの分がいるんだ。冬子の家は食い物屋だし、お前は家に帰れば、恋女房の久子《ひさこ》さんの手料理が待ってるんだろうが。それを無にするわけにはいかないだろう」

一刀両断にした。

「恋女房なあ。まあ、確かにそうかもしれないが。それにしても行さんは女心はおろか、男心もわからない、木偶坊《でくのぼう》だよなあ。食い物の恨みほど、怖いものはないっていうのにな」

島木のボヤキに隣の冬子が、声を出して笑い出した。嬉しそうに、両肩を大きく震わせながら。

「あのよかったら、ひとついかがです。大きなのが、ふたつ入ってますから」

米倉が島木に向かっていうと、

「いえ。それをいただくと、今度は私のほうが木偶坊になってしまいます。男の意地に懸けてもいただけません」

凜とした声を張りあげて、島木はくしゃけた顔で笑った。

次の日、八時少し前に行介たちは矢筈川の河川敷にある、米倉のトタン屋根の住居前に集合した。いい天気だった。朝のうちなのでまだ涼しく、青い空には雲ひとつなかった。

米倉は行介たちがくるのを、直立不動の格好で待っていた。昨日は恐縮した様子がありありと感じられたが、今日は比較的穏やかな表情だった。何となく行介たちとの身内意識が根づいてきたような心持ちに見えた。

米倉の指示で冬子と舞は雑巾とバケツを持って小屋に入り、行介と島木は鎌を手にして草っ原へ。二カ月ほどの間の草の生え方は強靭《きょうじん》で手強《てごわ》かった。そして一際高く伸びているのは背高泡立草だ。これらをすべて刈りとるのが行介と島木の仕事だった。

「行さん。明日は足腰が立たなくなって、寝こんでるかもしれんなあ」

島木が情けない顔で、ぼそっといった。

周囲の草を刈りとるのに二時間半ほどかかった。次は刈った草を集めて一カ所にまとめなければならない。これにかれこれ小一時間ほどを費やし、すべてが終ったのは昼近くだった。

小屋の前に行くと、なかの片づけと清掃もちょうどすんだようで、米倉たちは体についた埃を手ではたいているところだった。

「どうもご苦労さんです。慣れない作業で疲れたでしょう」

米倉がこういい、行介たちは小屋の脇に立っている木の陰に入って地べたに腰をおろした。汗だらけの体をタオルで拭いていると、風がさあっと吹きぬけて体の芯を通り抜けた。いい気持だった。

小屋のなかに米倉が入り、冷蔵庫で冷やした缶ビールを盆の上に載せて戻ってきて、行介たちに配った。小屋には中古ながら発電機も備えつけられていて、冷蔵庫も洗濯機も扇風機も使えた。

「発電機は、大丈夫だったようですね」

行介が笑いながらいうと、

「二カ月間のほったらかしで怒ってしまったのか、なかなかいうことを聞いてくれませんでしたが、宥《なだ》めすかして何とか」

米倉も笑いながら答えた。

プルタブを引いて、ごくりとビールを喉に流しこんだ。それほど冷えてはいなかったが、体の奥に染みわたるうまさだった。

「うまいなあ、俺はこんなうまいビールを飲んだのは初めてだ。たまには体を苛《いじ》めて汗を流さないと駄目だな」

島木が、しみじみとした口調でいった。

「ほんと、おいしい。状況によって物のおいしさって、こんなに変るんですね」

吐息をもらすようにいう舞に、

「人間もおんなじですよ。周りの状況によって心の持ちようが、がらりと変る。いいも悪いも、どちらにも」

米倉も喉を鳴らしてビールを飲む。

そんな様子を目に、冬子が立ちあがって小屋に入っていき、くるときも手にしていた袋をさげて戻ってきた。

「そこには、掃除用のあれこれが入っていたんじゃなかったのか。俺はてっきりそうだと思いこんでいたが、違うのか」

行介が怪訝《けげん》な声をあげると、

「違うわよ。これはお弁当。どうせお昼になるだろうと思って、朝早く起きてつくってきたの。あり合せの材料だけどね」

ちょっと胸を張って冬子はいい、弁当をみんなに配った。上下二段の小振りの折箱で、上にはお菜が入って、下は飯だった。

「これは凄《すご》いな、冬子さん」

感嘆の声を米倉があげた。

上の段には牛肉のそぼろ煮、海老《えび》の天ぷら、厚焼卵、プチトマトとブロッコリー……取りどりの料理がぎっしり詰まっており、下の段には黒胡麻を振った、ふっくらした白米──。

「これはみんな、冬ちゃんがつくったのか。おばさんじゃなく」

島木の疑うような言葉に、

「あのねえ、私はこれでも生まれたときから食べ物屋の娘なの。本気になれば、これぐらいのことは何でもないの」

得意げにいう、冬子の顔は綺麗だった。

「私、尊敬する、冬子さんのこと。美人なうえに料理もできるなんて。私なんか、目玉焼きぐらいしかできないのに」

溜息まじりに舞がいう。

「まあ、何というか。あとは味だな」

行介は牛肉のそぼろ煮を箸でつまんで、口のなかに放りこむ。ゆっくりと咀嚼《そしゃく》した。

「これはまあ、うまいほうというか……」

ごくりと行介は喉の奥にのみこむ。

「何よ、その、うまいほうというのは」

じろりと冬子は行介を睨《にら》み、

「私は行ちゃんと違って、男心にも女心にも精通していて、気配り満点だから」

ふんと鼻で笑った。

「まあまあ、痴話喧嘩《げんか》はそれぐらいにして、有難く、おいしくいただきましょう」

米倉がそういって立ちあがり、ビールの追加を持ってきて、その場は、にわか宴会さながらとなった。

「これで桜があれば、お花見だな」

満足そうにいう島木に、

「自然の真中の宴会ですから、いってみればこれは、家族揃ってのピクニックというところですか」

と米倉が嬉しそうに答える。

「ピクニックという明るく健康的なものにしては、お菜がちょっと居酒屋さんっぽいですけどね。ビールもあるし」

と冬子がいったところで、

「行介さん。空の青さが綺麗ですね」

米倉が空を仰いでいった。

「綺麗ですか、それはよかった」

ほんの少し笑みを見せる行介に、

「本音でいえば、少し紗《しゃ》がかかっているというのが事実ですけどね」

ぽつりといった。

「そうでしょうね。俺が向こうからこちらに戻り、本当に空の青さに美しさを感じるまで、一年以上はかかりましたから」

「行介さんでも、一年以上ですか」

米倉は悲しげな表情を浮べ、

「それなら私は、どれほどかかるんでしょうね。今は揺れ動いているイルの面影が、しっかり胸のなかに定着してくれれば、紗は取れると思うんですがね」

米倉は薄く笑った。

そのとき、折箱の料理をつついていた舞が大きな声をあげた。

「私は今まで、空の青さに美しさを感じたことは一度もありませんでした」

右手に箸を持ったまま、泣き出しそうな顔で行介を見た。

「一度もないって、空を美しいと感じたことが」

冬子が覗《のぞ》きこむように舞を見た。

「はい、一度も」

低すぎるほどの声を舞は出し、

「全部話します、私のやってきたことを」

握りこんでいた箸を、折箱の上にきちんと並べて置いた。

舞の生まれは東京の武蔵野《むさしの》市だという。

両親は共に高校の教師で父親は数学を、母親は国語を教えていた。二人共異常なほど教育熱心で毎日が勉強ずくめ、物心のついたころから外で遊ぶことなどはほとんどなかった。

舞の三つ上に昭彦《あきひこ》という兄がいたが、昭彦はかなり優秀な頭脳の持主で、そのために両親からは可愛がられて育った。成績も常に学年のトップで、東大の法学部を受験して現役合格をしていた。

舞が小さいころから両親は、

「昭彦は法学者、舞は医学者。それ以外は芥《ご》同然《み》」

こう公言して憚《はばか》らなかった。

舞も成績は優秀だったが兄ほどではなく、両親から可愛がられた記憶はなかった。そんな舞が、初めて国立医科大の入試に挑戦したのが三年前。不合格だった。次の年にひとつランクを落した医大に挑戦したが、これも不合格だった。

そのとき両親は鬼になっていた。

予備校に通っていた舞が模試で少しでも悪い点数を取ろうものなら、何度も何度も殴りつけた。舞の体から青痣《あおあざ》が消えたことは一度もなかった。容赦のない殴り方だった。

そして去年。舞は三度目の医大の入試に臨んだ。相当ランクを落した大学だったが、舞はこの年も落ちた。

毎日が針の筵《むしろ》だった。

舞の体の青痣は日毎に増えていった。

限界だった。

心も体も悲鳴をあげていた。

秋をすぎたころ、舞は家を出た。行く当てもなく深夜、渋谷の駅前に立っていると何人もの男たちが声をかけてきた。すべてが体の値段の交渉だった。このとき舞は初めて、体を売れば生きていけるのだと知った。

誘われるまま舞は、中年男と一緒にラブホテルに行って体を売った。値段は三万円。舞はこれまで一度も男とつきあったことがなく、初めての体験だった。

この日から舞の居場所は、渋谷界隈《かいわい》になった。そして、体を売るようになって二カ月ほどが経ったころ、田所堅次《たどころけんじ》という若い男が舞の前に立った。

ラブホテルに行って事が終ったあと、田所は金を払う代わりに俺の女になれと迫った。女になれば、もう体を売らなくてもすむ――そう考えた舞は田所の言葉に従った。田所はこの界隈を根城にする半グレ集団の一人だったが、そんなことはどうでもよかった。考えるのが面倒くさかった。

だが、物事は舞の計算通りにいかなかった。

田所の女になった後も、舞は渋谷の街に立たされた。稼いだ金は田所がほとんど持っていった。舞は田所にとって女というより、単なる商売道具だった。

「こんなことをさせるなら、もう死ぬから」

舞はこういって田所に迫った。

本当に死ぬつもりだった。

その本気度に田所が折れた。

「わかった。その代り別の仕事で金を稼げ」

そうして舞は、珈琲屋近くの空き家に送りこまれた。

「これが私の今までです」

話を終えた舞は、こういって肩を震わせて泣いた。

「そんなことを──」

島木が怒鳴った。

冬子は顔色を変えて、舞を見つめている。

米倉はどうしていいのか、わからない様子だ。

「それで舞ちゃんは、あの空き家で何をしてるんだ。田所というワルは、舞ちゃんに何を命じたんだ」

できる限り優しい声で行介はいった。

「それは……」

舞は声をつまらせた。

「それは、話すより見たほうが……一緒に私の家にきてくれますか」

涙と洟水でぐしゃぐしゃになった顔で、舞は行介を見た。


カウンターの前にいるのは、冬子が一人。

湯気がたつコーヒーをゆっくりと飲んでいる。

「びっくりしたね」

ふいにカップを口から離し、細い声でいった。

「ああ、本当に驚いた……」

行介は小さな吐息をもらし、

「しかし、なんで舞ちゃんは、そんな物騒な男と……様子を見れば、相手がどんな男なのか、想像はついただろうに」

太い首を左右に振った。

「みんな、淋しいのよ」

両手で持っていたカップを、冬子はそっと皿に戻した。

「沢山の人がひしめき合っているのに、自分だけはたった一人。本当は誰かと話をしたいのに、誰も振り向いてなんかくれない。掃いてすてるほど人はいるのに、みんな無言の人形同然――都会での一人暮しなんて、自分一人だけがシカトされている苛めの真っ只中にいるようなものだから」

視線をカップに落して冬子はいった。

「周りは、全部苛めっ子か。それはやっぱり辛いし、淋しいな」

太い腕をくんで呟く行介に、

「そう、そんなときに、いくらワルの男でも優しい言葉をかけられれば——行ってはいけないとわかっていても」

冬子の目が行介の顔に張りついた。

「行ちゃんみたいに、みんなは強くないのよ。みんな自分を叱咤《しった》しながら、騙《だま》し騙し生きてるのよ」

じろりと睨んだ。

「俺は別に強くはないよ。何とか歯を食いしばって我慢しているだけだよ」

ぼそっといった。

「そういうのを、強いっていうのよ。普通の人間には、まねのできないことなのよ」

冬子の視線が手元に移り、再びコーヒーカップを持って口に運んだ。ごくりと飲みこんで、それっきり冬子は押し黙った。

どれほどの時間が過ぎたのか。

「俺は舞ちゃんと違って、一人じゃないから」

低い声を行介は出した。

「えっ……」

窺《うかが》うような目を冬子は向けた。

「俺が我慢できるのは、すぐそばに――」

と上ずった声をあげたところで、扉の鈴がちりんと鳴った。客がきた。

「相変らず、この店は空《す》いているな」

憎まれ口を叩きながら入ってきたのは、島木である。やや後退しかかった額に汗を滲《にじ》ませて、冬子の隣にどっかと座りこむ。

「夕方だというのに、外は暑い。本来なら珈琲屋特製のブレンドといきたいところだが、今日はアイスコーヒーをくれるか、行さん」

と行介の顔を見てから、すぐに視線を隣の冬子の顔に移した。

「おい、何だか濃厚な空気が流れているような気がするが。これは単なる俺の勘違いなのか、それとも……」

鼻をくんくんさせた。

「勘違いだよ。今、冬子と二人で舞ちゃんの話をしていたとこだ」

ぶっきらぼうに行介はいった。

「なんだ、つまらん」

本当につまらなそうな顔をしてから、

「いや、つまらんどころか、これは大問題だ。舞ちゃんの件と、相手の男をどうするかを決めないと大変なことになる。といっても、打つ手は……」

島木は苦りきった顔でいってから、肩を落した。

昨日の午後――。

矢筈川の河川敷にある米倉の住居を掃除した後、行介たちは舞の住んでいる借家に連れていかれた。

玄関を入り、軋《きし》む階段を上って二階に行くと、そこには異様な光景が広がっていて、行介たちは息を呑《の》んだ。

すべての窓には厚いカーテンが引かれていて、昼間だというのに天井からは点灯したLEDライトがずらりと下がり、眩《まぶ》しいほどの光を放っていた。

その下にはビニールシートを張った平台が置いてあり、夥《おびただ》しい数の角鉢が並べられて人の手形のような葉をした植物が栽培されていた。が、半数以上の葉が茶色に乾いて枯れていた。

「舞ちゃん、これは」

上ずった声を行介があげた。

「大麻です。水耕栽培の……」

なかば予想した答えが返ってきた。

「いったい、何鉢ぐらいあるの」

冬子の声も上ずっている。

「だいたい、三百ぐらい……」

舞の声は消え入りそうになっている。

「これを作れと命令したのは、さっきの話に出てきた田所堅次という男か」

吐き出すように島木がいった。

「はい、あの人が数日に分けて資材をここに運び、あとの管理を私にしろといいつけて」

「管理というのは、どんなことをするんですか」

年の功からなのか、米倉の声は比較的落ちついている。

「主な作業は水やりと肥料です」

と舞は高い声でいい、

「肥料はやりすぎると弱ってしまうので時々でいいんですが、水やりを怠ると、すぐに枯れてしまいます。だから、細心の注意を払わないと……」

ちらっと茶色の葉に目をやる。

「あとは光です。太陽光がいちばんいいんですけど、どう頑張っても光があたるのは窓際だけなので、LEDライトを一日中つけっぱなしにしています。こういったことを丁寧に管理してやらないと、いいバッズは穫れないらしいですから」

耳慣れない言葉を舞は口にした。

「バッズって？」

すかさず冬子が口を開いた。

「大麻の花の部分です。ここがいちばん肝心で、葉の部分を摂取しても、ハイにはならないとあの人が――しかも、ハイになるのはメスの大麻の花だけで、オスの大麻ではヘッドハイにもボディハイにもならないと……」

声が低くなり、語尾が掠れた。

「さっき、丁寧に管理してやらないと、いいバッズが穫れないらしい、と舞ちゃんはいったけど――ということは、まだここからは大麻の収穫はないということなのかな」

念を押すように行介はいった。

「はい、収穫はまだです。というより、きちんと育つ前に、こんなに枯れてしまいました。これではもう無理です」

舞は首を左右に振った。何度も振って泣き笑いの表情を浮べた。

「この状況を田所という男は、知っているんですか」

優しい声で島木が訊いた。

「知りません。でも、月に二回ほどあの人はここにきてるから、あと数日のうちに顔を見せるはずです」

「顔を見せると、どうなるの」

癇高《かんだか》い声を冬子があげた。

「どうなるものなのか、わからないけど。只ではすまないことは確かです」

「当然、ここで穫れた大麻を、その田所という男は売りさばくつもりなんだろうな。ということは、これは犯罪の片棒を舞ちゃんは担いでたということになるのか」

苦しい口振りで行介はいった。

「確かに犯罪ですね。しかも相手は半グレ集団の一人——放っておけば、舞ちゃんにも身の危険がおよぶことになるでしょうし。ここはやはり、警察に介入を頼んだほうが一番かもしれませんが。しかしそうなると……」

これも難しそうな面持ちで、米倉が低い声をあげた。

「しかし、その結果」

叫ぶような声をあげたのは、島木だ。

「舞ちゃんも警察に捕まることになる。だが、舞ちゃんは田所という男に強制的にやらされたことでもあるし、しかも」

島木はずらりと並んだ鉢を目顔で差し、

「ごらんのように、大麻の半分以上が枯れているのも事実だ。一度も収穫されたことはないということは、これで被害をこうむった人間もいないということで、そこのところもよく考えてやらないと」

視線を行介と米倉に向けた。

「舞ちゃんが逮捕されるとすると、刑のほうはいったいどれくらいになるの」

心配そうな面持ちで冬子がいった。

「起訴はされるだろうが、事情が事情だし初犯でもあるから、確実に執行猶予がついて実刑はまぬがれるはずだ」

低い声で行介はいった。

「執行猶予は有難いけど、前科のほうは？」

冬子は、まだ心配顔だ。

「つく……」

短く答える行介に、

「それはまずいぞ、行さん。舞ちゃんはまだ若くて、前途のある身だ。そこに前科がつくということになると、それはやっぱり……」

島木が喉につまったような声を出した。

「しかし、島木さん」

米倉が嗄《しゃが》れた声を出した。

「私たちがこの件に目をつむったとしても、その半グレの田所は決して放ってはおかんでしょう。へたをすれば、舞さんは半殺しの目にあうことに——そうなる前に司直の手にゆだねたほうが、舞さんの身を護ることになるような気もしますが」

まっとうな意見を述べた。

「どこかに、舞ちゃんを逃がせば」

呻《うめ》くような声を島木があげた。

「うまく逃げられればいいとは思いますが、舞さんのご家族のほうにイチャモンをつけてくるということも——」

米倉は舞に視線を向けた。

「ないとはいいきれません。お金になることなら、何でもするような人ですから……」

泣き出しそうな声で、舞は答えた。

「じゃあ、どうするんだよ。どうしたらいいんだよ」

島木が切羽《せっぱ》つまった声をあげた。

「舞ちゃん自身は、どうしたら一番いいと思ってるの」

冬子が舞の顔を覗きこむように見た。

「私は……」

舞は洟をすすりあげた。

「わかりません。いったいどうしたらいいのか。一番いいのは警察にすべてをまかすことだとは思うんですけど、でも」

舞は泣き出した。

肩を震わせてしゃくりあげた。

「でも——やっぱり、前科がつくのは嫌なのね。そういうことね」

優しく冬子はいうが、顔のほうは困惑の表情でいっぱいだ。そんな冬子を横目で見ていた島木が視線を行介に向けた。

「お前はいったい、どう思っているんだ。どんな意見を持ってるんだ」

問いつめるようにいった。

「俺は方法云々よりも」

重い声を行介はあげてから、

「舞ちゃんには自分の犯した罪を、きっちり償ってほしいと思っている。いくらこの場から逃げ出したとしても、自分の罪は自分が一番よく知っている。そんな罪の意識を胸に刻みこんで生きるより、法の裁きをきちんと受けて堂々と生きたほうがいい。申しわけないが、これが俺の本音だ」

絞り出すようにいった。

「それはそうだが。さっきもいったように情状の酌量ということもあるし、罪のほうも俺にいわせれば微罪で無きに等しい」

諭すようにいう島木に、

「微罪でも、罪は罪だ」

ぽつりと行介は口にした。

「まあまあ、ここは性急に結論を出すのはやめて、少し時間をかけてじっくり考えるということでどうですか――といっても数日中にその田所という男が顔を見せるということですから、そうのんびりはしていられないのですが」

米倉が助け船を出すようなことをいい、ここはいったんお開きということになった。

舞の家を出るとき行介は、

「すまないな、舞ちゃん。俺は自分が過ちを犯したということもあって、いくら微罪だといっても許すことは……頑なすぎる人間だとはわかっているが、こればっかりはな」

といって深く頭を下げた。

行介のその言葉と行為に対して舞は何度も首を振った。首を振るたびに、舞の目から涙がこぼれて散った。舞はしゃくりあげながら首を振りつづけた。

「で、どうなんだ。みんな何か、いい考えは浮んだのか」

アイスコーヒーを喉を鳴らして飲みながら、島木は催促するようにいった。

「そんな考えが浮んでたら、こんなシケた顔はしてないわよ」

冬子が蓮っ葉な口調で返した。

「そうだろうな。どこをどう叩いても、みんなが丸く収まるような名案はな」

島木は一気にアイスコーヒーを飲みこんでグラスを空にし、

「行さん、お代りだ」

やけくそじみた口調で叫んだ。

そのとき扉の上の鈴が、また音をたてた。

入ってきたのは米倉だ。

顔の汗を手拭いでふきながらカウンターの上をちらりと見て、

「あっ、島木さんはアイスコーヒーですか。それなら私も申しわけないですけど同じものをいただけますか」

「今日は早いですね、米倉さん」

行介が笑いながら声をかけると、

「復帰一日目ということもありますが、本音をいえば一人では……やっぱり、イルがいないと力が出ません。胸の心張棒が外れたようで踏ん張りがききません。弱いものです。

一人っきりの人間というのは。まあ、そんなときはここが一番と、さっさと仕事を切りあげてお邪魔をすることにしました」

情けなさそうな顔をして、島木の隣に体を入れた。

「イルの力はやっぱり、大きかったんですね。凄いですね、パートナーというのは。でもそれで、いつまでもしょげたりしていては」

冬子の励ましの言葉に、

「そうですね。イルは私の胸のなかでちゃんと生きている。そう自分にいい聞かせて、頑張ることにします。それに今日は、舞さんのこともあって、どうにも体中が落ちつかなくて。それもありましてね」

米倉は大きな吐息をついた。

「それを今、みんなで考えている最中なんですけど、なかなかね」

島木が米倉に、すがるような目を向けるのがわかった。ひょっとしたら島木は……と思いつつ、行介は二人分のアイスコーヒーをカウンターに並べる。

すぐに米倉は手を伸ばして、ごくりとコーヒーを飲みこむ。

「いやあ、生き返る思いです。珈琲屋のコーヒーはアイスでもうまい」

という米倉の目が潤んでいるのを行介は見た。

イルのことだ。夏の暑い日。段ボールを満載したリヤカーを引っ張ってきたイルは、ここで冷たい水を飲んで米倉と二人で一服するのが習いだった。

そのイルがいなかった。

喉を鳴らして半分ほど米倉はアイスコーヒーを飲んでから、

「実は私……」

とグラスを置いていった。

「舞さんのことで、いい方法をひとつ見つけました」

島木が覗きこむように米倉の顔を見た。

「田所という男との話し合いです——彼の罪を見逃すかわりに、舞ちゃんからすっぱり手を引かせる。嫌な方法ではありますが、こういう手もあるんじゃないかと」

背筋をぴんと伸ばした。

「おうっ」

と島木が吼《ほ》えるような声をあげた。

「なるほど、それは一考に値する解決法ですな。なるほど、なるほど、それで互いの罪を帳消しにするわけですな。私はけっこういい考えだと思いますよ。一種の司法取引きとでもいえる案ですな」

島木が手離しで賛成し、隣の冬子も小さくうなずいている。そういうことなのだ。これは、みんなが頭のなかに持っていた案なのだ。ただ、誰がそれをいい出すか。問題なのはそれだけで、誰かがそれを口にするのを待っていたのだ。

三人の目が行介を見た。

「俺は……」

行介は腹にぐっと力をこめ、

「悪いが反対だ。そんなごまかしのような方法で事を収めるのは、いいとはいえない。舞ちゃんも田所も、罪を犯しているのは明白で、俺はそれに目をつぶりたくはない。大きな見方をすれば、ふたりともここできちんと罪を償うほうが、この先の未来につながるはずだ。俺はそう思う」

一気にいった。一気にいわなければ言葉が逃げてしまいそうな気がした。

「そうか、やっぱり……」

島木が肩をすとんと落した。

「行ちゃんは頑なすぎる。さっきはちょっと丸くなったかなと、感心した思いだったけど早とちりだった」

含みのある言葉を冬子は並べてから、

「行ちゃんが頑固なのは仕方がないと、私は認める。でもそれを他人にまで強要するのは、どうなんだろう。もう少し融通の利く考え方をしたほうが、世の中の物事はスムーズに進んでいくような気がする。たとえそれが少々よくないことであっても」

噛んで含めるようにいった。

「みんなのいいたいことは、よくわかる。しかしこれは理屈じゃなくて、人の道というか俺の生き方というか」

行介が体の奥から絞り出すような声をあげたとき、

「すみません、私のために」

扉を入ったあたりから、声が聞こえた。

泣き出しそうな顔の舞が立っていた。

「舞ちゃん、いつからそこに」

冬子が立ちあがって声をかける。

「ちょっと前から……」

議論に熱中して気がつかなかったが、ちょっと前からそこにいたということは、会話の大よそを舞は聞いていたことになる。

「すみません。少しだけ、かくまってください」

いうなり、ぺこっと頭を下げて舞はカウンターのなかに入り、そのまま店の奥にかけこんでいった。

行介が呆気《あっけ》にとられてカウンターの奥を見つめていると、いきなり扉の鈴が派手に鳴り、一人の男が店に入ってきた。

男はまずテーブル席のほうを眺めてから、カウンターに目を向けてきた。大きな体の男で、顔に険があった。ひょっとしたら、この男が田所——男がじろりと行介の顔を見た。カウンターに近づいた。

「舞という女がこなかったか、おっさん」

ドスの利いた声でいった。

「さあ、知りませんが。お客さんは、このカウンターにいる、三人様だけですが」

丁寧な口調でいうと、

「嘘《うそ》じゃねえだろうな。隠し立てすると、ぶっ殺すぞ、てめえ」

睨みつけてきた。相当物騒な男に見えた。いざとなったら、躊躇《ちゅうちょ》なく刃物を振り回すタイプ。そんな男に見えた。

「クソアマ。もしいるんなら、ちゃんと聞いとけよ。てめえ、あの落し前をどうつけるつもりだ。莫迦《ばか》野郎がよ」

怒鳴り声をあげて、男はさっと背中を向けて店を出ていった。カウンターの三人が大きな溜息をもらした。

数分間、無言の時が流れた。

「島木君——」

冬子が島木の横顔に目を向けた。

「あんな男と、ちゃんと交渉ができるの」

「おい、やっぱり交渉は俺がするのか」

情けない声をあげる島木に、

「米倉さんはお年寄りだし、行ちゃんは意地を張って乗気じゃないみたいだし。そうなったら、島木君しかいないでしょ。商売人なんだから、交渉は得意中の得意だろうし」

冬子のそんな声を聞いて、意地ではなく筋であり、生き方なんだと行介はいいたかったが口は開かなかった。

「わかったよ、俺がやるよ。いくら乱暴な男でも損得勘定ぐらいはできるだろうし。どこでやるかは置いといて、とにかく俺がやるから心配はいらないよ」

ちらりと行介の顔を眺めてから、疳高い声で島木がいったところで、店の奥から舞が出てきた。カウンターのなかから三人に向かって頭を下げた。半分泣いたような顔だった。

「あれが、田所なの？」

冬子の問いに、こくんと舞はうなずいて事の成り行きを口にした。

舞のケータイに田所から連絡が入ったのは、この店にくる十五分ほど前のことだという。

「近くまできているから、すぐそっちに行く」

田所はこういって電話を切ったが、舞の胸は早鐘を打ったように騒ぎ出した。この枯れた大麻を堅次が目にしたら――ひょっとしたら自分は殺されるかもしれない。そんな恐怖に襲われて取る物も取り敢えず、とにかく家を出て珈琲屋をめざしたと舞はいった。

「この店のことは、よくあの人に話してたから。ひょっとしたら、ここまで乗りこんでくるかもしれないと思って奥へ。すみませんでした」

今度は行介に思いっきり頭を下げた。

「そんなことは気にしなくていい。とにかく舞ちゃんに何事もなくてよかった。遠慮しないで、どんどんかけこんでくればいい」

行介はこういって、ほんの少し笑みを浮べてうなずいた。

「行ちゃんが笑った！」

冬子が叫ぶようにいい、

「ということは、行ちゃんも米倉さんの案に賛成してくれるってこと？」

体を乗り出してきた。

「それとこれとは、別問題だ」

乾いた声を行介はあげた。

「この期におよんで……」

不満そうな冬子の声にかぶせるように、米倉が口を開いた。

「いずれにしても舞さんは、帰る場を失ってしまいました。あの家に舞さんを帰らせる訳にはいかないでしょう。実家に戻るという手もありますが、それはかえって、悪い結果を招くことにも」

「それはそうね。じゃあ、いっそここで預ったら。それが一番安心なような気がするけど、私には」

思いきったことを冬子がいった。

「おい冬ちゃん。それはいくら何でも、ちょっとまずいんじゃないか。若い女性がいきなりここで、行さんと同居するなんて」

島木が途方に暮れたような声をあげた。

「何を莫迦なことをいってるのよ。行ちゃんは島木君とは違うから――何事も自分の物差だけで他人を計るのはやめたほうがいい。ねえ、行ちゃん」

行介の顔を意味ありげに見た。

「それは、まあ」

曖昧な行介の言葉にかぶせるように、

「もちろん長い間じゃなくて、ほんの二日か三日。その間にもう一度みんなでよく考えてみて、舞ちゃんの身の振り方を決めればいいんじゃない」

極めつけの言葉を並べた。

要するに冬子は行介に対して、米倉の案をもう一度じっくりと考えてみろといっているのだ。自分の頑なさを、もう一度見直してみろと。

「それはいいかもしれませんね。あと二日か三日ほどなら――それぐらいの猶予はやっぱりあったほうが」

米倉が同意の言葉を出し、島木も大げさなほど首を縦に振った。舞もすがるような目で行介を見つめている。

「どうなの行ちゃん。それくらいの配慮でも行ちゃんは首を横に振るの」

睨むような目で冬子が行介を見た。

まるで宣戦布告をするような目で。

「そうだな、二、三日ぐらいなら」

断る言葉が見つからなかった。

舞との妙な同居生活が始まった。

「お世話になります」と頭を下げた舞は、せめて行介の家の炊事洗濯と掃除の一切をやらせてほしいと口にした。そんなことはしなくていいからという行介に舞は頑なに首を振って、すぐにそれを実行した。

行介の食事の内容が変った。

それまでは有り合せの物をフライパンにぶちこんで炒めるか、鍋に放りこんで煮るかだけだったが、それが一変して、ちゃんと名前のついた料理になった。

夕食の献立は野菜の天ぷらだった。

衣が厚くて決して美味と絶賛できるものではなかったが、行介がいつもつくる料理らしきものに較《くら》べると雲泥の差があった。

「うまいな、これは」

頬を崩す行介に、すぐに舞が反応した。

「すみません。本当なら海老とか魚とかを揚げればよかったんですけど、冷蔵庫のなかにそんなものはなかったし――」

早口で舞はいってから、

「あっ、もしそれがあったとしても、魚介類の天ぷらは私の手に負えませんでしたけど」

慌ててつけ加えた。

「いや、充分にうまいよ。こんなものを家で食べるのはどれほどぶりか――いや、うまい、本当にうまい」

本音だった。

父親が生きていたころは、二人して時々はこうしたものもつくっていたが、父親が死んでからは一度もなかった。

「あの、お風呂のほうも洗っておきましたから、いつでも」

遠慮ぎみに舞はいって少し笑った。

そこには暗く沈んでいた、以前の舞の姿はなかった。一生懸命に生きる一人の若い女性の様子が真摯に伝わってきた。

ひょっとしたらこれは、行介の舞の罪に対する目こぼしを狙った一生懸命さだったかもしれなかったが、それならそれでいいと行介は思った。

自分を守るのはその人間の権利であり、それを非難する気は行介にはまったくない。それはごく自然なことで、特別なことでも何でもなかった。

舞は、父親の使っていた部屋で煎餅布団をかぶって寝た。

次の日の昼、冬子が舞の身の回りの物を買って行介の許に届けにきた。さすがに米倉はいなかったが、島木が一緒だった。

「どう、若い女性との同居生活は」

冬子は、探るような目で行介を見た。

「そうだ、お前。妙な気はおこしてないだろうな」

島木の考えはどんな場合でも、こっちの方向に行くようだ。

「楽だな。飯の仕度から掃除洗濯まで、全部やってくれる。こんな生活をしていたら、腑抜《ふぬ》けになってしまうような気がする」

いつもの、ぶっきらぼうな調子でいった。

「腑抜け——いいんじゃない。思いっきり腑抜けになってみたら。それぐらいが行ちゃんには丁度いいような気がする」

冬子がきらきら光る目で行介を見た。

眩しすぎる目だった。行介はそっと視線を外して、カウンターの二つのカップにゆっくりと出来たてのコーヒーを注いだ。

熱々のカップを両手でつつみこむようにして持ち、

「冬ちゃん。行さんが腑抜けになってしまったら、いくら何でもそれは困るんじゃないか。手がかかりすぎて」

困ったような表情で島木がいう。

「いいの、それで。腑抜けになって普通の人間に戻れば、まだ救いようはあるから」

冬子は島木と同じように、つつみこむようにしたカップを口に運びながら、何でもないような口調でいった。

「普通の人間って……」

島木はちょっと考えてから、

「ああ、そういうことか」

と、ようやく顔に笑みを浮べた。

「ところで舞ちゃんは、今どこにいるの」

「家の掃除――この分でいくと家中ぴかぴかになって、汚すこともできなくなりそうで弱った」

行介がこう答えると、舞が雑巾とバケツを手にして奥から出てきた。冬子と島木にぺこっと頭を下げ、

「店のほうも掃除をしていいですか」

と行介に訊いてきた。

「いや、今日はそこまでやらなくてもいいから。ひと休みして、ここでコーヒーでも飲んだらどうだ」

行介の柔らかな言葉に、

「いえ、ついでですから、やってしまったほうが。幸い、他にお客さんもいませんし」

顔中で笑って、テーブル席に向かった。

すぐに舞は雑巾で腰板を磨き始めた。

「いやあ、実に生き生きしてるなあ。舞ちゃんがあんなに明るくて働き者だったとは。迂闊《うかつ》だったが、まったく気がつかなかった。いや、まさに汗顔の至り」

と島木は大げさに驚いて見せた。

夕食はカレーライスだった。

「すみません、私あんまり料理のレパートリーがなくて」

舞はこういって台所でカレーづくりを始めた。

しばらくして店から奥に入った行介が何気なく台所を覗いてみると、舞の様子が変だった。

後ろ姿の舞の背中が震えていた。

舞はすすり泣きをしながら、カレーの鍋をかき回していた。行介の胸がざわっと騒いだ。ふいに切なさがこみあげた。

舞は耐えていた。誰もいないところで、じっと耐えている。何とかしてやりたかった。あるいはこれが行介の気を惹《ひ》く芝居だったとしても構わなかった。助けてやりたかった。

行介はそっとその場を離れ、店の厨房に戻った。天井を睨みつけるように見ながら、自問自答した。

「行ちゃんが頑固なのは仕方がないと、私は認める。でもそれを他人にまで強要するのは――」

冬子が口にした、この言葉だ。

確かに自分は頑固者だが、それを他人に強要している自覚はなかった。自分の生き方を淡々と述べているだけで、それに倣えと思ったことは一度もない。そのあたりはきちんと線を引いているつもりだが、周りはそうは見ていないようだった。

それはそれで、よかった。

行介は自分の生き方を貫くだけだ。

そうでなければ、自分のすべてが壊れてしまうような気がした。行介はそっと右手を広げて凝視した。ケロイド状に引きつれた、火傷《やけど》のあとを残した醜い手だった。醜いのはこの手だけにしたかった。心のほうは何とか醜く変ることを阻止したかった。

だが……行介の心は揺れていた。

舞の罪を帳消しにする方向に。

田所と取引きをして穏便にすますことに。

行介はぐっと両手を握りしめて、いつまでも天井を睨みつづけた。

変事は翌日におきた。

夕方近く、舞が青い顔をして厨房にきた。

「あの人から、ケータイにメールが」

といって画面を行介に見せた。

『てめえ、あの店にいるんだろ。夜になったら行くから、覚悟しとけ』

そこには、こう書かれてあった。

「いよいよ対決だな、舞ちゃん」

行介はぽつりといって、まず冬子と島木に状況を伝えた。二人はすぐにやってきて、カウンターの前に座りこんだ。舞も今日は、カウンター席の端っこに座っている。

「どうする、行さん」

島木が真顔で行介を見た。

「どうするって――くる者は拒めない」

「それはいいけど、あの件を行ちゃんはどうするのよ。田所と取引きをして、舞ちゃんの罪を帳消しにするっていう」

冬子が行介を凝視した。

「それは――」

行介はぼそっと口に出してから、

「島木の対応にまかせよう」

低い声でいった。

「ということは、この取引きを認める――そういうことよね」

叫ぶような声を冬子は出した。

「そういうことだな。あとは、あの男がどう応えるかだが」

呟くように行介がいうと、

「いくら何でも、この取引きを蹴とばす莫迦はいないだろう。普通の神経の持主なら、喜んで取引きに応じるはずだ」

島木が大きくうなずいた。

とたんに端っこに座っていた舞が、その場に立ちあがった。

「ありがとうございます」

大声でいって頭を深く下げたとき、扉の鈴がちりんと鳴った。

米倉だった。

「おやどうしました。みなさん、えらく殺気立っているようですが」

のんびりした口調でいう米倉に、状況をざっと島木が話して聞かせる。

「そうですか、行介さんがあの件を了解してくれましたか」

米倉は呟くようにいってから、

「もしものときは、私が身を挺してみなさんの命だけは護りますから大丈夫です」

物騒なことを口にした。

「米倉さん。いくらイルがいなくなったといっても、死に急ぎだけは嫌ですよ」

すぐに行介が釘を刺すようにいう。

「あっ、そんなふうに聞こえましたか――そうですね、死に急ぎは駄目ですね」

米倉は薄く笑ってから「どっこいしょ」といって島木の隣に座り、すぐに行介はアイスコーヒーを米倉の前に置く。

「これは恐れいります」

米倉はうまそうに冷たいコーヒーを喉を鳴らして飲む。

「いやあ、生き返りました。生き返るとやっぱり、死ぬのは怖くなりますねえ」

本気とも冗談ともわからないことをいい、

「で、これからどうします」

いやに真剣な表情で行介を見た。

「夜にくるというんだから、八時か九時頃でしょう。それまで腹ごしらえをして、ゆっくり待ちましょう。珈琲屋特製の焼おにぎりをこれからつくりますから」

行介が奥に入ろうとすると、

「あっ、私が」

と舞が慌てて声をあげた。

「いや、これぱっかりは舞ちゃんには無理だ。昔を知っている、おじさんでなければ」

こういって舞を制し、行介は奥の台所に向かった。

みんなで焼おにぎりを食べて腹を満たし、行介が店を閉めたのは六時ちょっと。あと二時間か三時間、それまではとにかく田所がくるのを待つしか術はなかった。

「待つというのは、長く感じられるな」

痺《しび》れを切らしたようにいう島木に、

「嵐の前の静けさですな——いや何だか武者振いがしますなあ」

明るすぎるほどの声で米倉はいった。

「駄目ですよ、米倉さん。とんでもない事態になっても、飛び出していくようなまねは」

行介は再び釘を刺すようにいう。

米倉はイルがいなくなって自棄《やけ》になっている。行介にはそう思えてならなかった。

扉の外に人の気配を感じたのは、八時ちょっと前だった。

行介はゆっくりとカウンターから外に出る。カウンター席の四人も、その場に立ちあがる。扉の上の鈴が大きな音を立てた。

田所だった。

島木が、愛想笑いを浮べた。

「やあ、いらっしゃい。田所さん、あなたに耳寄りな話があるんですがね。双方とも得をするという」

できる限り柔らかな声のつもりなのだろうが、島木の声は上ずって震えている。

「喧《やかま》しい、くそ親父」

田所が怒鳴り声をあげた。

後ろのポケットから何かを引き抜いた。

十五センチほどの刃先の、サバイバルナイフだ。

「やっぱりここに逃げこんでいやがったな、舞。てめえ、よくも俺の顔に泥を塗ってくれたな。おかげで俺のメンツは丸つぶれだ。こうなったら、てめえを何とかしねえと、俺の顔が立たねえ」

鬼の形相で舞を睨みつけた。

完全に逆上していた。

「どけ、島木っ」

いうなり行介は島木を脇に突き飛ばし、米倉のほうを向く。米倉は腰を落して今にも飛び出しそうな様子だ。その米倉も、鬼の形相だった。

「冬子、米倉さんのベルトを、後ろから力一杯つかめ」

そう怒鳴って行介は田所の前に出た。

「何だ、てめえ」

叫ぶと同時に田所がナイフを振り回して突っかけた。行介は胸の前で腕を十字にくんでナイフを受ける。

瞬間、血がしぶいた。

ナイフが宙に舞った。

行介が太い腕で田所の上衣の両襟をつかんだ。交差させて締めあげた。

田所の顔が赤く染まった。やがてそれは青白く変り、田所はがくっと首を垂れた。落ちた。

「行ちゃん、殺しちゃったの」

冬子が悲鳴のような声をあげた。

「莫迦をいうな。気絶しただけで、命に別状はない」

行介はそういって田所を抱きかかえて、テーブル席のイスの上に横たえた。大きく深呼吸する行介の左腕が血に染まっていた。

「おじさん」

舞が泣き出しそうな声をあげた。

すぐに冬子が勝手知ったる奥に飛びこみ、救急箱を持ってきた。

「心配しなくてもいいよ、舞ちゃん。ほんのかすり傷だから」

できるだけ明るい声を行介があげると、舞はポケットを探って何かを取り出した。ケータイだ。

「舞ちゃん、何をする気だ」

島木が叫んだ。

「警察に連絡します。こんな大事になってしまって本当にすみません」

舞は上ずった声でいい、

「私は何とか罪を逃れようと、おじさんの前で思いっきり、いい子ぶったりして。恥ずかしいです。本当に恥ずかしいです。自分の犯した罪は、自分できちんと償います」

一語一語を噛みしめるように、はっきりいった。

「そうか、それは嬉しい限りだ」

思いっきり笑いかける行介に、

「こらっ、行介。ちょっとおとなしくしろ。包帯がうまく巻けなくなるから」

子供を叱るように冬子がいい、行介は神妙な顔をしてそれに従う。

脇では舞が、ケータイで一生懸命状況を警察に説明していた。

そのとき扉の上の鈴が微かな音を立てた。

何かが外にいて、扉に触れている。

「えっ、もう警察がきたのか」

島木が素頓狂な声をあげるが、舞の電話は今しがた終ったばかりで、いくら何でも警察がくるには早すぎる。

そろそろと米倉が扉に近づき、恐る恐る引き開けた。何かが米倉に飛びついた。

犬だった。

イルだ。イルが戻ってきた。

全身が黒っぽく汚れて、ぼろぼろの状態だったが、イルに間違いなかった。
奇跡だった。
イルは生きていた。
そして、三カ月かけて戻ってきた。
わあっと米倉が泣き出して、イルを抱きしめた。舞がかけよった。
「イル、元気だったか」
米倉が疳高い声で叫んだ。
イルが、わんと鳴いた。
いい声だった。
「よかった……」
冬子の声が耳元で聞こえた。
泣き笑いの表情で行介を見ていた。

解説

吉田伸子（書評家）

総武線のとある駅の商店街。そこに「珈琲屋」はある。樫材をふんだんに用いた店内には、どっしりとした重厚感が漂ってはいるが、要はごくごく普通の「町の喫茶店」だ。ただし、一つだけ「珈琲屋」が普通ではないことがある。それは、店の主人・宗田行介が、かつて義憤にかられて人を殺め、懲役に服していた過去を持つことだ。そう、「珈琲屋」は人殺しの店、なのだ。

「珈琲屋」シリーズは、そんな行介の店にやってくる、様々な人々のドラマを描いたもので、本書はその四作目。行介の幼馴染であり、同じ商店街で「アルル」という洋品店を営む島木、「蕎麦処・辻井」の一人娘・冬子がシリーズのレギュラーである。

島木は気のいい男なのだが、いかんせん女にだらしがない。ちょっといい女を見ると、ちょっかいを出さずにいられない、自他ともに認める商店街一のプレイボーイ。けれど、この島木の飄々としたキャラクタが、いい塩梅にシリーズに軽みも出している。

冬子は、行介の元恋人だ。付き合っていた行介が事件を起こして服役中、一度は他家へ嫁いだものの、行介への想いを断ち切れず、わざと年下の男と浮気をし、婚家から追い出される態で実家に出戻った、という経緯がある。誰もが美人だと認めるたおやかな冬子だが、その心の奥には、行介への想いが、埋み火のように燃えている。その冬子の想いを痛いほどに知りながらも、自分が犯した罪の重さ故に、応えることのできない行介と、行介の気持ちを汲みながらも、なんとか行介と二人で生きていきたいと願う冬子。この行介と冬子の関係は、シリーズに通底するもう一つのドラマでもある。

本書には七篇からなる連作短編集で、冒頭の一編「ひとり」で幕を開け、それに呼応する内容の「ふたり」で終わる。この、冒頭の一編が最終話につながっていく、という構成の妙は、シリーズ共通のもので、こういうところにも、池永さんの物語巧者ぶりがあらわれている（ちなみに、一作目の『珈琲屋の人々』では「初恋」と「再恋」、二作目『珈琲屋の人びと　ちっぽけな恋』では「特等席」と「指定席」、三作目『珈琲屋の人々　宝物を探しに』では、「恋敵」と「恋歌」という具合である）。

冒頭の「ひとり」に登場するのは、元ホテルマンの米倉だ。六十七歳になる米倉は、勤めていたシティホテルが外資系企業に身売りされ、五十二歳でリストラの対象に。再就職先がなかなか決まらないでいるうちに、追い討ちをかけるかのように、二十年連れ添った妻から離婚を切り出される。子どももおらず、半ば自暴自棄になっていた米倉は、妻の申し出に応じ、そのまま社会からもドロップアウト。今では河川敷の茂みの中に、トタン屋根の仮設小屋を作り、そこで生活をする身である。

日々、孤独をかこっていた米倉の暮らしに変化が訪れたのは、一匹の野良犬との出会いだった。一年半前、ふらふらと仮設小屋に迷い込んで来た子犬は「イル」と名付けられ、成犬となった今では、米倉の食い扶持となっている段ボール集めを手伝っている。米倉にとって、「イル」は単なる犬ではない。「唯一無二の宝物、この世に二つとない、大切な宝物」なのだ。

米倉が「珈琲屋」とかかわりを持つきっかけは、「イル」だった。とある初夏の日、暑さにへたり込んだ「イル」のために、泣き出しそうな声で「すみませんが、水をもらえませんか。犬が死んでしまいます、犬が」と「珈琲屋」に飛び込んで来たのが米倉だったのだ。この出会いがきっかけとなり、米倉は時折「イル」のために冷水をもらいに来るようになる。有り体に言って極貧生活の米倉が、「珈琲屋」の「客」になることは稀だったが、「珈琲屋」で飲む一杯の珈琲を、「私の唯一の贅沢」「まさに至福の時です」と言う米倉の気持ちが、行介には良くわかった。過去の罪を背負って生きる行介には、「世捨て人同然の米倉は同胞のようなもの」だったからだ。それでも、「何があっても歯を食いしばって」生きている米倉の姿に、好意を感じた行介は、米倉の何らかの力になりたいと思っている。

とはいえ、米倉に出す珈琲は、ちゃんと代金を受け取っている。無料で珈琲を供するのは「施し」になるからだ。生活保護の話を断り、極貧ながらも自力で生きてきた米倉にとって、「施し」は無礼なことだと行介は思う。この、米倉に対する行介の〝節度〟がいい。さらりと描かれているが、これ、すごく大事なことだと思う。

この米倉もそうだが、「珈琲屋」にやってくる人々は、現代社会の縮図とも言える問題を抱えている。第二話「女子高生の顔」の主人公は、突然クラスのいじめのターゲットになり、自分でも気にしていた、「一重瞼の細い目」を「昔の平安時代の顔にそっくり」だと揶揄され、そのことにひっかけたあだ名まで付けられた女子高生だ。第三話「どん底の女神」の主人公は、父親から虐待を受けて育ち、中卒で就職したものの、転々とした会社でも理不尽な扱いを受け続けたことで、今ではほぼ引きこもりのような暮らしになってしまった四十歳の男。

第四話「甘える男」の主人公は、有名私大を卒業し、一流の企画会社に就職したものの、自分の能力のなさを突きつけられて、退職。誰をも惹きつける笑顔「だけ」しか取り柄のない自分と向き合うことを拒み、自ら「ニート」と名乗ることで、現実から目を背けている二十七歳の青年。

第五話「妻の報復」の主人公は、夫の浮気を疑い、自らも年下の男と浮気をして夫に報復しようと目論む四十二歳の女。第六話「最終家族」の主人公は、中期の胃癌だと宣告された四十七歳のサラリーマン。第七話の主人公は、両親の重圧と暴力から逃れるために家出をしたことがきっかけで、今では半グレ集団に属する男から、否応無しに犯罪に加担させられている、自称医大志望の受験生女子。

貧困、いじめ、ひきこもり、ニート、病……。誰もがもがき、苦しみ、葛藤している。そんな彼らが、行介の店にやってくるのは、行介が〝罪人〟だからだ。それも、殺人、という償っても償いきれない罪を犯した〝罪人〟だからだ。彼ら（米倉は除く）に共通しているのは、自分より〝底〟がいる、という認識である。いじめられることは辛いけれど、人を殺めた人よりはマシ。引きこもりもニートもしんどいけれど、人を殺めた人よりはマシ。壮年で癌になるのは不運だけど、人を殺めた人よりはマシ……。

行介という存在を頼っている、と書けば響きはいいが、彼らの心の底にあるのは、歪んだ優越感だ。弱いものがさらに弱いものを叩く、嫌らしい優越感だ。けれど、行介はそれを受け入れる。いや、受け入れるどころか、そんなふうに自分を〝利用〟されることを、良しとしている。行介のその姿にあるのは、作者である池永さんの、生けとし生ける者たちへの肯定なのだと思う。誰もが弱く、誰もが悩み、苦しんでいる。それでも、必死に生きようとするその姿への、池永さんの肯定なのだ、と。いいんですよ、弱くても。いいんですよ、悩んでも。いいんですよ、前に進むために、時には誰かを頼っても。池永さんは、そうやって、人々の〝弱さ〟に寄り添おうとしているのではないか。

二〇二〇年、新型コロナウィルスという未知の病の登場により、世界は一変してしまった。そして、その病のシワ寄せは、真っ先に弱者に向かっている。突然の雇い止めによる生活の困窮、アルバイトを失うことでの学業の断念。加えて、明日は我が身かもという、罹患に対する恐れ。本来なら機能すべき行政は、そんな弱者を切り捨てているとしか思えない現状……。私たちが生きていかなければいけない現実は、相当にハードだ。

でも、だからこそ、私たちには「珈琲屋」が必要なのだ、と思う。火傷しそうに熱い珈琲をゆっくりと飲むように、本書を読むことで、自分も「珈琲屋」のカウンターで、ほっと息を吐くようなひと時を持つことが。

「何かを得るということは、何かを失うことでもあるんですよ。逆に、何かを失うことは何かを得ることでもあるんです」

行介のこの言葉が、読後、いつまでも心に響く。

初出

ひとり　「小説推理」19年6月号・7月号
女子高生の顔　「小説推理」19年8月号・9月号
どん底の女神　「小説推理」19年10月号・11月号
甘える男　「小説推理」19年12月号・20年1月号
妻の報復（「妻の復讐」改題）　「小説推理」20年2月号・3月号
最終家族　「小説推理」20年4月号・5月号
ふたり　「小説推理」20年6月号・7月号

本作品は文庫オリジナルです。
作中に登場する人物、団体名は全て架空のものです。

双葉文庫

い-42-06

珈琲屋《こうひいや》の人々《ひとびと》
どん底《ぞこ》の女神《めがみ》

2021年1月17日　第1刷発行
2024年9月19日　第2刷発行

【著者】
池永陽《いけながよう》

【発行者】
箕浦克史
【発行所】
株式会社双葉社
〒162-8540 東京都新宿区東五軒町3番28号
［電話］03-5261-4818（営業部）　03-5261-4831（編集部）
www.futabasha.co.jp（双葉社の書籍・コミックが買えます）
【印刷所】
大日本印刷株式会社
【製本所】
大日本印刷株式会社
【カバー印刷】
株式会社久栄社
【DTP】
株式会社ビーワークス

【フォーマット・デザイン】
日下潤一

ISBN978-4-575-52439-0 C0193
Printed in Japan